Éditions Prise de parole
205-109, rue Elm
Sudbury (Ontario)
Canada P3C 1T4
www.prisedeparole.ca

Nous remercions le gouvernement du Canada, le Conseil des arts du Canada, le Conseil des arts de l'Ontario et la Ville du Grand Sudbury de leur appui financier.

Marjorie Chalifoux

De la même autrice

Romans

Marjorie à Montréal, Éditions Prise de parole, 2021.

Marjorie Chalifoux, Sudbury, Éditions Prise de parole, 2021
    [2015], prix Trillium.

Andréanne Mars, Sudbury, Éditions Prise de parole, 2017.

Eulalie la cigogne, Gatineau, Éditions Vents d'ouest, 2010.

Théâtre ado

Afghanistan, Sudbury, Éditions Prise de parole, 2013.

VÉRONIQUE-MARIE KAYE

Marjorie Chalifoux

Roman

Éditions Prise de parole
Sudbury 2021

Œuvre en couverture : Sydney Rose, *Marjorie Chalifoux*, collage, 2021
Conception de la couverture : Olivier Lasser

Infographie : Stéphane Cormier
Correction d'épreuves : Chloé Leduc-Bélanger

Diffusion au Canada : Dimedia

Catalogage avant publication de Bibliothèque et Archives Canada
Titre : Marjorie Chalifoux / Véronique-Marie Kaye.
Noms : Kaye, Véronique-Marie, 1962- auteur.
Description : 2e édition.
Identifiants : Canadiana (livre imprimé) 20210291516 | Canadiana (livre
    numérique) 20210291524 | ISBN 9782897443139 (couverture
    souple) | ISBN 9782897443146 (PDF) | ISBN 9782897443153
    (EPUB)
Classification : LCC PS8621.A90 M37 2021 | CDD C843/.6—dc23

Prologue

À la mort de sa femme, Chalifoux cessa de rire. Même avant, il ne riait pas beaucoup. Mais après, du rire, il n'en resta plus un brin ; pas même un soupçon, ou le début d'une nuance sur un coin de lèvre qui aurait pu annoncer une ombre de gaieté – non. Rien.

Sa femme, c'était une petite dure, parfaite pour l'ouvrage. Il n'aurait jamais cru qu'elle allait flancher en accouchant – une autre qu'elle, plus délicate, il aurait accepté ça, mais elle… Elle avait hurlé toute la sainte journée. Il avait entrouvert la porte : le lit défait, les draps par terre, les yeux révulsés sous le crucifix, à souffrir plus fort que le petit Jésus lui-même. Il l'avait refermée tout doucement pour qu'elle ne l'entende pas – par malchance qu'elle aurait voulu qu'il reste à côté d'elle !

Puis il avait entendu un autre hurlement, moins fort, mais plus criard. Oui, pas mal plus achalant ;

à vrai dire, à vous virer les nerfs à l'envers. Marjorie venait de naître. Il était accouru, presque joyeux, et sa femme – blême, les jambes écartillées, les seins à l'air, la chevelure ramassée par la sueur en gros mottons sur la tête – lui avait fait des yeux d'amoureuse, du genre « Voilà ce que je viens de faire pour toi, maintenant c'est ton tour, tu m'en dois une maudite belle, peut-être une soirée dansante, tous les deux sous les étoiles ». Puis elle avait pâli. Une pâleur de neige de janvier, glacée et transparente.

Et elle s'était mise à saigner.

Aucun moyen d'arrêter le sang, qui sortait d'elle aussi furieusement que les rapides de la rivière St. Mary's s'engouffrent le long des roches au printemps ; il lui longeait les cuisses avant d'atterrir sur le plancher en grosses flaques noires. Une perte de sang comme ça, pas une femme au monde n'aurait pu en ressortir vivante.

Chalifoux était resté avec le bébé sur les bras. Il avait dix-neuf ans.

La nuit même, il vit une ombre qui gigotait contre le mur : c'était le fantôme de sa femme. Ah ! se dit-il, peu effrayé – les morts valent moins cher que les vivants, et ceux qui en ont peur sont des pissous. Il se creusa le coco, chercha dans ses souvenirs d'adolescence et fit un autre « Ah ! » Il venait de comprendre.

⋮

Quelques années auparavant, alors que ses parents étaient sur le point de traverser aux États pour chercher du travail, sa mère lui avait révélé que, dans la famille, le don circulait : des fois, ça sautait une génération, des fois il y en avait plusieurs dans une même portée de jeunes. Chalifoux, une quinzaine d'années et l'habitude d'ignorer sa mère, lui avait cependant demandé une explication.

— Le don, avait-elle répondu... Le don d'entendre le monde de l'autre bord.

Sur le coup, il avait compris que le don, c'était de se faire comprendre par les Anglais des États – le monde de l'autre bord des rapides –, et il s'était dit que les Américains devaient avoir une drôle de parlure, puisque ça prenait un don spécial pour les comprendre. Ils s'étaient fait leurs adieux, et Chalifoux n'avait plus pensé aux derniers mots de sa mère.

Ah ! se dit-il une troisième fois : l'autre bord, c'était la mort. Et le don, il l'avait attrapé de naissance. Sauf que ça ne servait à rien, et que ça l'agaçait, de voir sa femme plus pâle qu'après sa délivrance.

« Maudite folle qui revient sur terre », se dit-il.

À voix haute, il fut plus poli, plus sournois, cherchant à déceler si l'ombre de sa femme était porteuse d'un message. Mais non, elle grouillait de droite à gauche, transparente, sans rien dire. Il la regarda se faire aller les hanches, puis il se rendormit.

Le lendemain, il parla à son beau-père de son expérience nocturne. Le beau-père connaissait les antécédents familiaux ; répéta l'histoire à droite et à gauche. Les voisins, les voisins des voisins, leur parenté, les amis de la parenté furent bientôt au courant – dans le petit monde francophone de Sault-Sainte-Marie, ça circule vite, les nouvelles. Certains dirent qu'il était comme sa grand-mère ou le grand-oncle Untel, et firent de gros yeux ronds. D'autres allèrent le consulter ; furent satisfaits de ses services et le recommandèrent chaudement aux endeuillés.

C'est ainsi que Chalifoux se trouva un métier.

Après quelques mois, espérant brasser de plus grosses affaires dans une plus grosse ville, il partit s'installer à Ottawa. Eut la clientèle variée d'un médium régulier : des tristes et des désespérés.

Pendant les consultations, il installait Marjorie dans un coin avec des bébelles. Elle restait là sans gazouiller, agitant ses petits bras dans les airs, ce qui ne dérangeait personne. Un beau matin, elle fit une crise spectaculaire, se garrochant contre les murs de la cuisine, criant à tue-tête, réclamant une niaiserie, en refusant une autre ; pas consolable, pas écoutable, pas vivable. Elle avait deux-trois ans, et elle venait subitement de demander qu'on s'occupât un peu mieux d'elle. Chalifoux la battit comme sa mère autrefois pétrissait le pain : à coups de poing. L'effet fut souverain. La petite ne parla plus pendant longtemps ; resta gentiment prostrée dans le coin de sa chambre, à jouer avec des bouts de ficelle. Bon, se dit Chalifoux, sa fille allait être couturière.

Un jour, ce fut au tour de Marjorie d'avoir dix-neuf ans.

— Un maudit âge de cul, lui fit-il remarquer en connaisseur.

Il ne croyait pas si bien dire.

Jeudi
- L'aveu -

Chalifoux attendait une madame Gauthier, nouvelle-ment veuve. De temps à autre, il jetait de petits coups d'œil vers sa fille, qui recousait un bas sur sa chaise. Un peu plus penchée que d'habitude, peut-être, se dit-il. Il sentait vaguement qu'elle n'était pas tout à fait comme ce matin ni comme hier ; ni, à bien y pen-ser, comme la semaine dernière. Il aurait pu lui poser la question – coudon, c'est quoi ton problème ? –, mais il aurait fallu prendre son temps pour lui tirer les vers du nez. Sa fille parlait peu, et ça tombait bien : il n'avait pas envie de l'entendre. Elle avait une vie plate et tranquille, Marjorie. N'avait jamais rien vécu – en tout cas, rien de mémorable. Pas la peine d'user sa salive pour une humeur inhabituelle mais passagère.

Il se trompait, et pas à peu près.

Marjorie, sage et silencieuse, avait la tête remplie

d'images plus terribles les unes que les autres. Un chagrin l'enveloppait tout entière comme un manteau de plomb.

Son amoureux venait de mourir.

Oui, un gros accident de voiture sur la dix-sept, un jour de ciel pourtant bleu. Les oiseaux avaient soudain cessé de chanter, des nuages noirs s'étaient tassés les uns sur les autres, et une pluie torrentielle avait déversé des gallons d'eau sur la grand-route. Lucien conduisait trop vite, avait expliqué l'ami Martin en annonçant la nouvelle à Marjorie. Ils avaient fêté la veille, avaient bu comme des rois. Le lendemain d'une brosse, on ne voit pas clair, surtout sous une pluie comme le déluge, les yeux qui piquent et un gros mal de ventre, et la tête qui déblatère des chansons de taverne. Lucien avait pris un mauvais tournant, il avait été malchanceux. Sa belle Chevrolet flambant neuve s'était à peine retournée sur la route, juste assez pour le tuer.

— Organes internes écrasés, mort violente assurée, avait dit Martin.

Marjorie avait essayé de pleurer, sans y parvenir. Qu'elle aurait donc voulu mourir, elle aussi ! Rejoindre son Lucien, entendre son rire, lui faire l'amour une dernière fois ; puis aller avec lui main dans la main, de l'autre côté, là où tout est paisible.

Le deuil, déjà que ce n'est pas facile-facile, mais ce

qui compliquait les choses... Ce qui donnait à Marjorie le désir d'aller se noyer dans les chutes du Niagara... c'était la grande complication, résultat de l'amour un peu trop physique de deux tourtereaux sans anneau de mariage.

Elle était enceinte.

À la rigueur, elle aurait pu passer sous silence son amour pour Lucien et la mort de celui-ci – mais qui serait assez fou pour parler d'amour et de mort à un père ? Et comme Ottawa accueillerait en avril 1952 – approximativement – le résultat incontestable de sa liaison secrète, elle se trouvait dans l'obligation de tout lui raconter. Elle essayait de trouver les bons mots. Ça commençait par « Dad », et ça s'arrêtait là. Puis elle recommençait et disait, toujours silencieusement : « Dad, je... » Et ça s'arrêtait encore là, aux trois points de suspension.

— Dad, je... se répéta-t-elle pour la énième fois.

Puis, fatiguée par l'aveu futur, elle se mit à rêvasser.

⋮

Avec Lucien, les choses s'étaient toujours passées au bord de la rivière.

À la toute première seconde, quand elle lui avait foncé dedans au coin de la rue Dalhousie – elle marchait trop vite –, elle ne lui avait rien trouvé de particulier. À peine avait-il crié « Fais attention ! » que, deux secondes plus tard, il avait plaqué ses lèvres contre les siennes. À cet instant même – mettons, pour ne pas trop exagérer, à la troisième ou quatrième seconde –, elle avait compris au plus profond d'elle-même qu'elle venait de rencontrer l'âme sœur.

Oui, tout de suite, elle avait flairé le bon gars, le francophone, le vigoureux, avec des bras comme ça. Après le baiser, Marjorie était tombée dans ces bras-là et elle l'avait laissé l'entraîner, juste avant la noirceur de la nuit, près de la rivière des Outaouais, devant quelques canards qui s'étaient attardés pour profiter du dégel. C'était au printemps, l'air était frais. Il avait plu le matin, mais le sol était encore couvert de glace et de neige par endroits. Elle était devenue toute molle ; et elle était passée de quelques douteuses embrassades avec de maigres copains d'école à la plus complète et la plus grande envie de s'attacher au corps de Lucien pendant le restant de ses jours.

Quand Marjorie s'était relevée, sa robe lui avait collé aux cuisses. Elle avait sacré, mais en silence, pour ne pas faire peur à son nouvel amour. Lucien, un gars correct, bien que trop catholique – il disait « notre Seigneur Jésus-Christ » chaque fois qu'il le pouvait –, un peu trop fier de ses biceps et de son coup de hanches, mais avec de la tendresse dans les gestes et des lèvres amoureuses, avait éclaté de rire. Et Marjorie avait cru qu'elle allait se mettre à croire aux miracles. Un rire comme celui-là, c'était clair et pétillant comme du 7 Up, avait-elle pensé. Elle avait voulu l'entendre encore, mais non, Lucien avait fini de rire. De toute manière, il était tard et il voulait virer au Lafayette pour y boire une bière ou deux.

La dernière fois qu'elle l'avait vu, avec l'appel de la nature, et la nature elle-même dans toute sa splendeur – les arbres, le sol tout chaud d'été et l'herbe moelleuse –, et la fougue des amoureux, et la peur de se faire surprendre par des passants...

Un Lucien matinal l'avait basculée près de la rivière, en pleine lumière, derrière un buisson. Pas un canard à l'horizon. Marjorie avait été happée, aspirée par l'amour. Il y avait eu en elle un léger craquement, vraiment très léger, comme un pétard minuscule, un début de quelque chose, un genre d'éclat de rire interne, diffus et confus. Elle avait immédiatement senti qu'elle était enceinte, presque à la seconde près – et tant pis pour ceux qui pensent que c'est impossible, que c'est du microscopique qui se passe dans des endroits cachés alors qu'on a les yeux dans la graisse de bine et le cœur chaviré. Marjorie avait tout de suite su, et voilà tout.

Lucien s'était retourné sur le dos, essoufflé, en sueur. Il s'était mis à rire :

— As-tu déjà regardé dans un miroir ? avait-il demandé.

Marjorie avait répondu oui, un peu pleine d'espoir – les plus laides comme les plus belles aiment qu'on leur conte fleurette. Elle avait cru qu'il allait lui dire des gentillesses; peut-être même la trouver jolie; pas beaucoup, mais un peu; ce petit peu là lui aurait fait très plaisir. Mais Lucien, dans un fou rire plein de joie et d'amour, avait réussi à hoqueter que c'était pour cela qu'ils s'aimaient, tous les deux, parce que se regarder l'un l'autre, c'était comme regarder dans un miroir: ils n'étaient pas très beaux, ni l'un ni l'autre.

Elle aurait pu pleurer, Marjorie, en entendant cela – une belle fille en serait tombée sur le cul de désespoir. Mais elle, elle savait que son physique ne valait pas ce qu'il y avait dans sa tête; et que là-dedans, justement, c'était d'une richesse à n'en plus finir. Au lieu de jouer à la poulette blessée, elle s'était mise à rire aussi fort que Lucien. De toute manière, elle n'était pas laide, pas vraiment laide, ou en tout cas pas laide comme un laideron.

— Pourquoi tu m'as prise par la main, la première fois, si tu dis que je suis laide? avait-elle réussi à demander.

Lucien ne savait pas pourquoi il avait été attiré par Marjorie. Peut-être sa robe, peut-être ses seins, ou peut-être rien du tout, un hasard qui met quelqu'un devant vous et qu'on doit cueillir, parce qu'il ne faut pas niaiser avec le destin.

En l'attirant vers elle, Lucien lui avait attrapé le

nez ; avait planté dessus un gros bec bien mouillé, un peu trop dégoulinant pour être apprécié ; mais quand il y a de l'amour – il s'agit là d'une vérité universelle –, on peut supporter n'importe quoi, les bêtises, les fanfaronnades, les gestes déplacés. Elle lui avait pris l'oreille et lui avait rendu son baiser. Bon, avait-il dit en s'essuyant, s'il fallait faire la liste de ses défauts, ils étaient là jusqu'au jour de l'An : il avait des boutons, des mains trop grosses pour la longueur des bras, des cheveux mal plantés, avec cinq rosettes, du jamais vu pour son barbier. Et en plus, côté caractère et personnalité, rien à signaler.

— Juste ton rire, avait dit Marjorie, un peu plus sérieusement.

Ce rire formidable qui sortait de lui comme une cascade de joie. Quand on l'entendait, on se disait qu'on n'avait pas tout à fait perdu son temps aujourd'hui, et que cette joie allait nous égayer à notre tour, au moins le temps de penser à autre chose.

De toute manière, se demanda Marjorie en tirant les fils de son bout de tissu, qu'est-ce que ça changeait, maintenant que Lucien était mort ? Jamais elle ne pourrait lui murmurer : « Je l'ai su quand tu m'as couchée près de la rivière », en regardant un bébé s'agiter de bonheur dans un petit berceau de bois. Jamais elle ne pourrait essayer de nouveau avec lui, pour voir combien ils pourraient en faire tous les deux. Elle en aurait voulu une dizaine... Initialement, quand on aime, on voit l'amour danser dans un ciel d'un bleu parfait pour le mariage, avec les oiseaux qui chantent par-dessus une multitude de petites têtes chéries ; et un genre de musique céleste – du jazz, peut-être, comme Dad en faisait jouer à la radio.

Une goutte d'eau sournoise se glissa au coin de ses yeux. Marjorie renifla ; savait qu'elle allait devoir passer à l'aveu.

$$\vdots$$

On se fatigue à planifier la conversation, à tout orchestrer, on croit qu'on dira ceci, et lorsqu'il y aura un cela comme réponse, il s'agira de ne pas oublier de dire autre chose ; et ainsi de suite. Mais dans la pratique, il nous vient des mots de nulle part et c'est la catastrophe.

Marjorie fit semblant de chercher une tasse, toussota, et au lieu de dire « Dad, je... », elle lança, tout à fait sans le vouloir :

— J'étais en amour.

Elle se mordit les lèvres, et fort, comme elle le méritait. Se coula sur une chaise de cuisine. Attendit.

Chalifoux se tourna à moitié vers elle et eut une montée de colère. Depuis quand les filles parlaient-elles d'amour à leur père ? Les temps modernes leur avaient-elles donné le droit de partager leurs sottises de jeunes avec lui? Mais il se calma en un instant; venait de se rendre compte que c'était rassurant, au fond, cette phrase qui sortait de sa fille; avait compris l'imparfait de l'indicatif.

— C'était qui? demanda-t-il sans vouloir le savoir.

— Oh, fit Marjorie, évasive. Un Pierre ou un Roger. Un gars.

Bien sûr, avant sa mort, ce n'était ni Pierre ni Roger, c'était Lucien-mon-chéri qui lui avait promis le mariage et la lune de miel, tous les deux seuls face aux chutes du Niagara. De là, ils auraient pris la route du bonheur, où famille et patrie n'auraient bientôt été qu'un souvenir.

— Ses parents, c'est qui? demanda Chalifoux. Du monde de la Basse-Ville?

— Oh... répondit Marjorie.

Elle se sauva dans sa chambre à coucher et voulut y rester. Changea d'avis; prit de l'ouvrage – abandonna le bas de tout à l'heure et choisit un joli tissu très doux – et retourna, presque brave, dans la cuisine; voulait prouver à Dad qu'elle ne le craignait pas tant que ça; terrifiée, pourtant. Elle prit un temps fou à enfiler l'aiguille, à piquer l'étoffe, à repasser l'aiguille de l'autre côté. Décida de découdre quelques points qui ne lui faisaient pas honneur. Se mit à les recoudre, consciencieuse, le plus lentement possible.

— En tout cas, dit-elle finalement dans un souffle, je ne l'aime plus. Il est mort.

Chalifoux, qui pourtant avait le commentaire facile et pouvait vous sortir des vacheries à tour de bras, se tut ; se demanda comment il n'avait pas su que sa fille avait été amoureuse, pourquoi il n'avait pas connu ce mort qui, soudain, alourdissait l'air de l'appartement ; ce Pierre ou ce Roger qui venait peut-être de la Basse-Ville, dont il connaissait, ou pas, les parents.

Quand Dad se retenait de parler, Marjorie entendait ses mots résonner aussi fort que la cloche d'église qui annonce la messe, la procession, l'homélie et tout le bataclan. Elle respira de la façon la moins perceptible possible, par à-coups négligeables, silencieux, presque inexistants.

Lorsque Chalifoux prit enfin la parole, Marjorie se tassa sur sa chaise et défit encore une fois l'ouvrage qu'elle venait de terminer. Il y avait de petits points rebelles, qui n'étaient pas tout à fait droits et qui méritaient qu'elle s'y attarde. Elle avait le temps, maintenant. Son père allait dévider tout ce qu'elle avait fait de travers, depuis la mort de sa mère, qu'elle avait assassinée en naissant par le cul, et jusqu'à cet instant où le soleil se décidait enfin à quitter sa cuisine, laissant derrière lui les ombres de fin d'été qui donnaient aux objets – tasses, crucifix et bibelots – des proportions démesurées.

Oui, Marjorie avait tué sa mère. Chalifoux s'étendit sur ces longues années où lui, un homme seul, sans femme, un homme qui aurait dû refaire sa vie, avait sacrifié ses forces, son avenir, pour s'occuper d'une boule de troubles. Pas un veuf n'aurait fait pareil. Il l'avait élevée malgré les humiliations, les rires derrière son dos. De toute manière, avec son métier, il se vengeait des paroissiens de la Basse-Ville ; n'aurait eu qu'un mot à dire pour révéler leurs hypocrisies ; connaissait les secrets pervers, les pensées mauvaises, les serpents et les vipères.

— Tu es ma fille, continua Chalifoux en haussant la voix, avec cette douceur qui trompait tout le monde, sauf Marjorie. Tu n'as pas de mère, pas de famille. Puis tu es tombée amoureuse sans rien me dire ? Puis ton Roger, il est mort ? Ça veut dire que maintenant, tu es en peine d'amour ? Ça va durer combien de temps ?

À l'idée, Chalifoux s'échauffa rapidement. Il marcha de long en large dans la cuisine, avec de grands pas ; se cogna contre les chaises, tourna autour de la table en gesticulant ; se calma soudainement ; chercha quelque chose à dire. Puis, ne trouvant rien – incroyable pour un homme si loquace –, il hasarda :

— C'est bien de valeur.

— Oh, dit Marjorie dans un souffle.

C'était inhabituel, de la part de Dad, de lui dire un

mot pour la consoler; mais elle ne se sentait pas du tout soulagée de sa peine. Elle aurait voulu que la conversation se termine, là, tout de suite, maintenant, puis qu'elle s'endorme immédiatement, ici, sur sa chaise, pour ne se réveiller qu'à l'aube de la vieillesse, sans avoir vécu cette triste vie qui traîne quand on a mal. Et chaque seconde lui sembla pire que la précédente.

— Je l'aimais vraiment, dit-elle enfin.

Puis elle se dit « crisse », sentant qu'elle venait de relancer la conversation. Chalifoux regarda sa fille en plissant des yeux.

— Ton gars... Comment ça se fait que je ne l'ai jamais rencontré ?

— Oh, dit Marjorie en se penchant un peu plus sur le tissu.

Chalifoux changea de tactique.

— Puis là, maintenant, tu es en deuil, dit-il, un mauvais sourire en coin.

Marjorie le regarda, effrayée.

— Ne va pas lui parler !

— Je pourrais, répondit Chalifoux. Je pourrais me concentrer et l'appeler.

— Tu ne connais même pas son nom, dit Marjorie dans un cri.

— Pas besoin. Je vais envoyer un message dans l'autre monde, je vais dire que je cherche un Roger, un gars qui… Où tu l'as rencontré, ton Roger ?

— Nulle part. C'était un francophone.

— Au moins ça. Mais un francophone mort, ça vaut aussi cher qu'un Anglais vivant.

Marjorie recommença à respirer. Si son père se mettait à sacrer contre les Anglais, il allait parler longtemps.

— Quand tu étais petite, tu ne disais rien. Ta maîtresse, en deuxième année, elle m'avait pourtant dit que tu n'étais pas complètement imbécile. Tu apprenais la grammaire anglaise mieux que les Anglais.

— Oui, dit Marjorie.

À ce souvenir, Chalifoux se remit en colère, comme il savait si bien le faire, en jouissant de cette montée de pouvoir qui lui faisait du bien ; se demanda pourquoi, de tous les enfants du quartier, Marjorie était la seule qui avait eu des notes à tout casser en anglais. À quoi lui servirait son bel anglais dans la Basse-Ville ? Mais Chalifoux mit les Anglais de côté.

— Tu vas faire quoi, avec ton mort ? Le traîner avec toi jusqu'à ton retour d'âge, puis le rejoindre au paradis du bon Dieu ? Tu as donc choisi de crisser ta vie en l'air, juste pour être amoureuse ?

— Oui, répondit Marjorie.

— Ton Roger, il est mort de quoi ?

— De rien, dit Marjorie.

— Tout le monde meurt de quelque chose.

— Oui, répondit Marjorie, qui décousait un petit point qui lui donnait du fil à retordre.

— En tout cas, finit par dire Chalifoux, j'aurais pu te pardonner n'importe quoi... Tout mais pas ça. L'opinion des autres, je m'en fous. Ce n'est pas ça, le problème. Le problème, c'est ton cœur. J'en ai assez vu de cassés pour savoir que ça ne se répare pas facilement. Tant pis pour toi, Marjorie.

Il se tut. Quelqu'un frappait à la porte.

— On va finir la conversation plus tard, dit-il.

— Oh, dit Marjorie dans un souffle.

Les onomatopées les plus anodines peuvent finir par porter sur les nerfs. Chalifoux avait assez entendu de « Oh ».

— Va dans ta chambre, dit Chalifoux, une grosse violence dans la voix.

Marjorie ramassa son ouvrage ; mais au lieu de trottiner silencieusement comme elle savait si bien le faire, elle se retourna vers son père et lui redit « Oh ». Pas jolie-jolie, la Marjorie, mais bien connaissante de la nature humaine ; et surtout de l'impatience de son père, qui la remplissait d'aise, soudain.

⋮

Dans le quartier, on disait que Chalifoux était honnête. Pourtant, il déclarait lui-même qu'il mentait autant que n'importe qui, vivant ou mort ; qu'un peu de mensonge n'avait jamais fait de tort à qui que ce soit ; que passer de l'autre côté n'apprenait pas aux hypocrites à dire la vérité ; et qu'il n'était pas responsable des menteries des trépassés. Chalifoux disait aussi qu'il pouvait se tromper, mais allez donc trouver un autre médium francophone à Ottawa – autant accepter les menteries de celui-là. De toute manière, il parlait si bien ! Sa voix de miel ! La profondeur énigmatique de son regard ! Et comme il savait mentir avec conviction ! On finissait par le croire sur parole.

Selon Chalifoux, le don lui permettait d'entendre les messages des morts, comme on entend une conversation chez les voisins quand on se met l'oreille contre le mur. On entend, mais pas tout. On comprend, mais pas tout le temps. Les morts de la Basse-Ville voulaient communiquer, mais certains restaient bloqués par la substance opaque et brumeuse entre les deux mondes. Les plus futés, ceux qui savaient jouer des coudes avec l'éther, atterrissaient en plein dans la cuisine à Chalifoux. Un étrange courant passait alors ; les yeux du médium semblaient se liquéfier ; et le visage des clients tombait brusquement.

— Madame Gauthier, dit-il en accueillant sa cliente, votre mari vient de mourir. Vous allez devoir refaire votre vie.

— Non, dit immédiatement madame Gauthier en s'affaissant sur la chaise qui venait une minute plus tôt de craquer sous le poids pourtant bien léger de Marjorie.

On l'avait prévenue : les conseils de vie – brutaux – venaient avec la consultation.

— Vous avez apporté de l'ouvrage pour ma fille ? demanda-t-il d'un ton tranchant.

— Oui, dit-elle, en lui tendant un bout de tissu plié.

— Je reviens. Restez assise, dit Chalifoux.

Il ouvrit la porte de la chambre. Marjorie cessa de respirer ; attendit, le fil en suspens.

— Tiens, lui dit-il, de l'ouvrage pour toi.

Puis il retourna dans la cuisine et dit, très fort :

— Comme ça, votre mari est mort.

Marjorie déplia le bout de tissu de madame Gauthier.

— Du coton de qualité supérieure, se dit-elle. Oui, du vrai beau tissu.

⋮

Le mari de Gisèle Gauthier avait pris son temps pour mourir : il avait eu un mal qui le rongeait des pieds à la tête, des douleurs de vieux alors qu'il était dans la force de l'âge. Il dépérissait, mangeait trois miettes de pain en faisant la grimace, gémissait pour un oui pour un non. Un jour, en se réveillant, madame Gauthier lui avait donné un coup d'orteil pour le sortir du lit comme d'habitude, mais son pied avait heurté une jambe figée, froide, un bloc de marbre. Elle avait hurlé. Aldonis, son plus jeune, était accouru, mais il n'y avait plus rien à faire.

— Il est passé à la casserole, dit madame Gauthier, sans trop savoir ce que cela signifiait.

Puis elle répéta : « Il est passé à la casserole. » Elle n'en revenait tout simplement pas. Comment un homme si robuste, résolu au travail comme en amour – il n'avait jamais oublié un seul anniversaire –, comment cet homme-là avait-il pu tomber malade et mourir au beau milieu de la nuit ?

— Il aurait dû me le dire, qu'il allait mourir, continua-t-elle. Entre époux, on ne se dit pas tout, mais il aurait pu...

Chalifoux soupira de plaisir : c'était son genre de cliente. Il tâta l'éther :

— Votre mari me dit que la nuit de noces...

— Oh ! fit madame Gauthier.

Et elle se mit à pleurer.

Elle en aurait eu long à dire sur cette nuit où elle avait découvert l'émerveillement, avec une pointe de dégoût venue de la constatation suivante : elle était exactement comme un animal de la ferme de son oncle, comme le cochon ou la vache. La seule chose qui séparait la bête de l'humain, c'étaient les draps, alors que le cochon ou la vache n'ont que la terre et le gazon pour s'ébattre. Oui, la nuit de ses noces, tout un bestiaire lui était apparu clairement. Elle avait passé en revue les animaux qu'elle connaissait, sans ordre précis ; et pour chaque éléphant, chaque zèbre ou chaque cheval, elle s'était imaginée folâtrant en leur compagnie, nue, frissonnante et ravie. Georges s'était démené comme un diable dans l'eau bénite – sa sueur sur le cou de Gisèle – le poids de son grand corps – et elle par en-dessous, suffoquant un peu, délicieusement. Quand, enfin, elle avait touché de tout son corps quelques secondes de béatitude, il lui avait déclaré :

— Je ne savais pas.

Puis il s'était tu, sans expliquer ce qu'il avait voulu dire. Au fil des ans, elle avait refusé de lui poser la question. Les soirs d'orage entre eux, lorsqu'elle voulait qu'il disparaisse comme un moucheron dans la nuit, elle se disait qu'il avait voulu dire « Je ne savais pas que j'allais t'écœurer toute ta sainte vie ». Mais lorsque, sous un ciel sans nuage, elle se laissait bercer par la brise qui lui soufflait des tendresses, elle croyait qu'il avait voulu dire « Je ne savais pas que tu étais si belle ». Et maintenant son Georges était couché six pieds sous terre. Il n'y avait plus rien qui le distinguait d'un animal, aucun drap blanc de fine dentelle pour lui rendre son humanité, sa dignité.

Le temps filait doucement, ponctué par les soupirs de Gisèle, qui n'en finissait plus de raconter sa nuit de noces, puis ses longues et si belles années de mariage. Tout d'un coup, elle cria :

— Mais... C'était l'homme de ma vie !

Et elle pleura encore.

Les cris du cœur, il n'y a rien de plus terrible. Lorsqu'on les entend, ils résonnent si fort de vérité qu'il n'y a aucun moyen de les éviter. Chalifoux regarda la porte de la chambre de Marjorie, essayant de deviner ce qu'elle avait entendu.

— Oh, excusez-moi, dit madame Gauthier, qui avait suivi le regard de Chalifoux. J'avais oublié votre fille.

— Elle est dans sa chambre, répondit Chalifoux, elle travaille. L'ouvrage, ça la tient occupée.

— Excusez-moi, dit de nouveau madame Gauthier, j'ai crié trop fort.

— Ne vous inquiétez pas pour Marjorie, elle n'entend rien, rétorqua Chalifoux.

— C'est ce qu'on dit, répondit madame Gauthier, plus calme. Tant mieux pour elle. Ce n'est pas des histoires pour les jeunes. À son âge, moi, je...

Elle se sécha les yeux avec la manche de sa chemise, puis termina :

— Moi, je me mariais.

Elle ne pleurait plus. Elle serait courageuse, maintenant qu'elle avait passé un moment avec son Georges.

— Elle n'est pas mariée, votre fille ? Il faudrait qu'elle commence à y penser. Elle ne connaît personne ?

— Je ne sais pas, répondit Chalifoux. Elle ne me dit rien.

— Mon plus jeune, Aldonis, vient d'avoir ses vingt-deux ans et... Merci. Je reviendrai. Peut-être. Peut-être pas. C'est trop dur.

Puis, avec inquiétude :

— Vous êtes certain qu'elle n'a rien entendu ? Je ne sais pas pourquoi je vous ai raconté toutes ces histoires...

— C'est bien correct. Tous mes clients le font. Ils savent qu'ils peuvent m'en dire pas mal plus qu'au curé. Vous ne pouvez pas imaginer les histoires qu'on me raconte ici parce qu'on ne peut rien dire ailleurs... J'ai le don, madame Gauthier. Ça fait parler le monde.

Madame Gauthier acquiesça, ne sut plus quoi dire, et sortit.

⋮

Marjorie entendait tout, même les soupirs.

Quand elle était petite, elle entendait sans rien comprendre. Le soir, elle s'endormait en étouffant ses larmes et sa rage, parce qu'elle savait que le lendemain allait être tout semblable à aujourd'hui.

— Des gens qui parlent et qui pleurent, se disait-elle, et Dad qui parle.

Avec le temps et l'ennui, elle s'était mise à écouter plus attentivement, retenant sa respiration contre le bois si mince de la porte. Elle aimait les belles histoires de cœur, de passion, les gestes tendres, toi et moi, la main dans la main. Les sons s'infiltraient en elle, devenaient images, formes et senteurs, comme pour lui faire vivre le souvenir d'un autre – l'instant éternel, les regards éblouis, les grands mots d'amour.

Avec le temps, certains détails auxquels elle n'avait jamais porté attention commencèrent à beaucoup l'intéresser. C'étaient encore des histoires de cœur, mais avec un je ne sais quoi de nébuleux, qui lui amollissait les genoux.

Il y en eut une qui lui plut sans bon sens.

Son père attendait un client, et Marjorie ne faisait rien, c'est-à-dire rien d'important. Rien d'autre que d'être plantée devant la fenêtre, à regarder les voitures et les gens, sans une idée précise en tête. Lorsque monsieur Dutil entra, elle regarda ses pieds énormes et se sauva dans la chambre avec l'ouvrage qu'il avait apporté : un soutien-gorge de soie.

— Asseyez-vous, avait dit Chalifoux, en lui présentant une chaise.

— Non, avait répondu l'homme, autoritaire. Je reste debout.

— Vous serez moins bien debout, avait insisté Chalifoux.

— Je veux rester debout, avait-il presque aboyé.

— Comme vous voulez, avait dit Chalifoux, en s'asseyant lui-même.

Dutil était un homme gigantesque. Du six pieds cinq, peut-être du six pieds six ou même du six pieds huit ; une tête de boxeur agressif ; et gros, aussi, avec un ventre qui semblait prendre toute la pièce. C'était une brute finie, toujours le mot pour trancher, pour dominer. À l'église, il écrasait les mains au lieu de les serrer, comme s'il prenait plaisir à voir les grimaces de douleur des hommes et qu'il savourait les petits cris étonnés des femmes. Quand on le lui faisait remarquer, il disait qu'il était né comme ça : fort. Il travaillait comme contremaître dans la construction. Ses hommes le craignaient sans l'aimer. Il le savait, mais ce qui comptait pour lui, c'était le travail fait et bien fait, et le salaire à la fin du travail.

On plaignait son épouse, Paulette, un petit bout de femme, fragile, coquette et toujours bien mise, avec des robes à la mode et des bas de nylon, des petits souliers vernis du lundi au dimanche. Quand ils marchaient tous les deux, elle se pendait à son bras, et il la soulevait pour lui faire éviter les flaques d'eau en été et la gadoue en hiver. On le voyait alors sourire – c'est inattendu, un sourire, sur le visage d'une brute – et il disait :

— Elle pèse comme le poids d'une plume.

On disait que Dutil pouvait détruire une maison du revers de la main. Comme il avait près de cinquante ans, ses hommes espéraient entre eux qu'il allait mourir bientôt, grand et gras comme il l'était ; et qu'à force de leur crier après, il viendrait un jour où les veines de son cou éclateraient et qu'il s'étendrait de tout son long dans la sciure de bois et les clous, fin prêt pour le cercueil.

Mais la vie étant ce qu'elle est – increvable chez les uns mais bien délicate chez les autres –, c'est sa petite poupée qui était morte avant lui, d'un cancer qui l'avait emportée en quelques semaines.

Dutil avait eu une petite toux ; puis il s'était éclairci la voix, et la toux était revenue ; une toux étrange, sèche, qu'on aurait dite fabriquée par exprès. Il avait toussé méthodiquement, sans sourciller, sans un mouvement du visage ou un plissement des yeux. Marjorie avait compté jusqu'à vingt-cinq teuf teuf.

— Voulez-vous un verre d'eau ? avait demandé Chalifoux. Va chercher un verre d'eau au client,

32

avait-il ordonné à Marjorie en parlant fort.

— Non ! avait crié Dutil.

Puis il avait encore toussé. Marjorie, qui avait entrouvert la porte, l'avait regardé attentivement ; s'était rendu compte qu'il ne s'agissait pas d'une toux, mais de sanglots.

Pleurer, c'est moins facile que ça en a l'air, pour qui n'a pas appris. Les petits enfants savent le faire, mais si on leur dit de se taire, ils avalent leur peine et retiennent leurs larmes ; et bien vite ne se souviennent plus d'où elles viennent. Et si, par malheur de Dieu, ils voient l'eau maudite sur le visage des autres, ils ont tôt fait de se moquer.

Dutil avait de gros yeux épouvantés : ce bruit qui lui secouait la poitrine et qui emplissait l'air de façon grotesque était insupportable pour un homme comme lui. Pourtant, il toussa un peu moins, puis presque plus, puis plus du tout. Il avait réussi à se calmer et redevenait un homme. Il s'essuya la bouche, renifla bruyamment, puis commença. Chalifoux et Marjorie firent des yeux tout ronds ; jamais ils ne se seraient attendus à cela d'une bête pareille.

Ce qui sortit de Dutil, ce fut un torrent de paroles, un flot d'amour, le chant exalté d'un homme qui avait tout sacrifié pour la femme de sa vie. Paulette avait été sa reine, sa merveille de beauté, si petite qu'elle semblait tenir dans la paume de sa main.

Quand il mettait sa tête sur sa poitrine, il chantonnait de joie à entendre son petit cœur tout chaud battre d'amour pour lui – car elle l'aimait, Paulette, elle le vénérait autant qu'il l'adorait. Seulement, il ne voulait pas que ça se sache, il avait sa réputation, et jamais on ne l'avait vu en public caresser une seule mèche de cheveux de sa femme. On voyait qu'il la traitait comme un vase de cristal – oui, ça se voyait sans peine –, mais ce qu'on ne connaissait pas, c'était sa délicatesse extrême, son amour exquis ; l'adoration, d'une rare finesse, qui se manifestait jour après jour comme un hymne au mariage.

Il ne lui demandait qu'une chose : qu'elle lui fasse à manger tous les soirs. C'était comme ça qu'il avait été habitué avec sa mère ; et c'était normal, une femme devant ses fourneaux. Pour lui, Paulette devait courir les épiceries, chercher la plus belle viande, le légume le plus frais, inventer la meilleure sauce faite des meilleures épices et du beurre le plus crémeux. Seulement, sa Paulette était mauvaise cuisinière – ça aussi, c'était normal, les femmes qui sont faites pour régner n'ont pas à se fourrer la tête dans les chaudrons, elles doivent penser à se faire belles pour leur homme. C'était peut-être lui, Dutil, qui avait des attentes trop égoïstes.

Soir après soir, Paulette ratait le poulet, brûlait le bœuf et la soupe, mettait trop de sel ou pas assez de moutarde. Rien n'était bon, jamais. Il le sentait dès son arrivée, parce qu'il avait le nez fin et le palais pour aller avec. Loin de lui en vouloir, il ne l'en aimait que plus.

— Ma Paulette, qui était née pour un trône, c'est normal que dans une cuisine, elle était pourrie.

Quand ils avaient fini de manger, Paulette, qui avait picoré quelques bouchées, faisait la grimace et repoussait l'assiette, puis elle débarrassait la table et se mettait à l'évier. Elle allait lentement, parce qu'elle n'était pas douée non plus pour la vaisselle. Elle cassait les assiettes et les verres.

Lui, il l'attendait. S'il était trop fatigué de sa journée de travail, il luttait pour garder les yeux ouverts, secouant la tête pour ne pas s'endormir. Lorsque la cuisine luisait de Palmolive, il la prenait doucement dans ses bras et il la portait dans la chambre. Il la regardait à peine se déshabiller qu'il dormait déjà à moitié. Elle s'allongeait près de lui, et bientôt ils respiraient ensemble comme un seul homme.

Dutil grogna ; se tut pendant quelques minutes.

— Votre fille, Chalifoux ?

— Elle n'entend rien. La porte est fermée.

Derrière la porte, Marjorie avait retenu sa respiration, tortillant sans le savoir le soutien-gorge de soie entre ses doigts.

Certains soirs...

— Continuez, Dutil, puisque je vous le dis. Puis j'ai l'habitude des histoires des hommes.

Certains soirs... Quand il n'était pas trop fatigué, quand ses hommes ne l'avaient pas trop fait sacrer – tous des incapables, ses gars, puis après on s'étonne si le patron perd patience... Mais certains soirs... quand ça ne s'était pas trop mal passé... que ses gars avaient décidé de travailler pour leur salaire et que l'ouvrage était fait... il rentrait à la maison avec dans le ventre un appétit d'ogre et dans la queue une démangeaison qui le rendait fou. Paulette voyait du premier coup d'œil que c'était un soir d'amour ; alors elle mettait sur la table les plats brûlés et les crèmes tournées en poussant des petits soupirs pour l'aider à se mettre en train ; et elle-même picorait ses fragments de viande plus rapidement.

Sur les vêtements de Paulette, il y avait toujours plein de petits boutons, gros comme des têtes d'épingle, à croire que la fermeture éclair et les boutons pression n'avaient pas été inventés. Il y en avait partout, sur les robes et les jupes, les gilets et les foulards. Même les bobettes avaient des boutons. Paulette disait :

— C'est plus élégant avec des boutons.

Mais Dutil soupçonnait sa femme de vouloir le faire languir – pas par méchanceté, mais pour son plaisir à elle. Quand elle était nue comme un ver, que chaque maudit petit bouton avait eu son compte, elle lui disait : « Viens », en détachant les lettres, comme si elle les épelait une par une.

Pour lui, brusque, rapide, ça le faisait capoter. Il allait pourtant vers elle à la vitesse d'un escargot, fourbu d'avance par ce qui l'attendait. Elle s'étalait sur la table. Il la prenait par les chevilles et commençait à transpirer. Il lui écartait tout doucement les jambes et il la regardait.

— Une femme, entre ses jambes, c'est une fleur. Il y a des pétales.

Il aurait voulu faire de la poésie, avec des fleurs et la rosée du matin, ou encore la brume du soir, mais il parlait mal et préférait se taire. Elle aussi se taisait, rouge de honte et de plaisir sous son regard. Elle l'attendait.

Il ne l'avait jamais pénétrée, pas même le soir de leurs noces. Il n'avait jamais osé. Elle mesurait quatre pieds quelques pouces, des pouces si insignifiants que ça ne servait à rien de les mentionner, et lui avec son six pieds quelque chose de hauteur, six pieds et encore d'autres pouces, un géant, une force de la nature, un cadre de porte, fort comme une machine, un bulldozer, et elle plus fragile que les assiettes de porcelaine et les verres de cristal qui s'entrechoquaient dans l'eau de vaisselle et qui parfois lui ouvraient la peau...

Il en rêvait depuis qu'il la connaissait, de la pénétrer, mais le moyen de le faire sans la tuer ? Il lui semblait que s'il essayait, il allait la transpercer, et qu'elle mourrait sous ses yeux, sur la table de cuisine. Alors, il se contentait de la regarder, fou de désir, la sueur sur le front, les mains qui tremblaient. À force de la regarder, la moiteur arrivait, et lorsqu'il voyait la fleur commencer à s'épanouir et à luire, il s'agenouillait devant elle et il passait et repassait la langue sur chaque pétale qui s'offrait à lui dans la plus grande humilité. Paulette poussait des soupirs à fendre l'âme, elle gigotait, priait un peu et appelait la Sainte Vierge à son secours. Dutil la craignait peu, la Sainte Vierge, il l'aurait repoussée dans un corps-à-corps brutal. Il voulait que sa Paulette jouisse.

— C'est comme ça qu'on aime une femme.

Paulette enfin le suppliait d'arrêter. Il la soulevait avec la plus grande délicatesse et la déposait dans leur grand lit ; se plaquait contre elle, bougeait un peu, et jouissait à son tour.

L'histoire de Dutil eut un effet remarquable sur Marjorie. Elle n'entendit pas la suite : ni les sanglots qui revinrent, ni les sacres qui fusèrent contre Dieu, diable, mère et père, ni Chalifoux qui le priait de se calmer, puis de sortir, puis qui menaça d'appeler la police, le curé et les voisins ; la porte qui claqua. Non, Marjorie n'entendit rien de tout cela. Elle avait doucement refermé la porte et elle passait les doigts sur le tissu si lisse du soutien-gorge de la décédée. Ses pensées s'enroulaient comme un ruban de bonheur autour d'une image toute auréolée de rêverie. Il lui semblait avoir vu de ses propres yeux Paulette, ce chicot de femme tout nu sur sa table de cuisine, qui jouissait par la langue et l'amour de son mari. Elle n'avait pas tout compris – il se pouvait également qu'elle n'eût rien compris du tout –, mais elle sentait qu'il y avait entre ses jambes une moiteur nouvelle, exactement comme ce qu'avait décrit Dutil.

Elle avait senti battre son sexe comme si son cœur s'y était installé.

De ce jour, elle avait cru qu'il y avait pour elle, quelque part, un gars qui serait son Dutil – grand ou petit, maigre ou chauve, peu importe –, un gars qui l'aimerait comme une reine.

Ce gars existait. Ce fut Lucien.

⋮

Depuis le départ de madame Gauthier, Marjorie, en grand manque de respiration, était figée de peur dans sa chambre ; devait pourtant en sortir et affronter son père. Par-derrière la porte fermée, elle l'appela.

— Dad ?

— M'as-tu parlé ? Viens donc ici si tu as quelque chose à dire, répondit Chalifoux.

— Je voulais...

— Veux-tu bien sortir de ta chambre ? s'enragea Chalifoux. Je te dis que je ne t'entends pas !

Marjorie ouvrit la porte. Chercha sa respiration.

— Mon gars...

— Je le sais, il est mort, répondit Chalifoux tranquillement. Je te gage que la femme Gauthier va revenir. C'est le genre qui ne lâche pas ses morts. Ne fais pas comme elle. Laisse-le partir, ton gars. Un gars de plus, un gars de moins, ça change quoi ? Rien. Retourne donc dans ta chambre finir ton ouvrage.

Marjorie changea d'avis. Se dit que ça pouvait attendre à demain. Ou plus tard. Bien plus tard, quand elle serait moins triste – parce que pour l'instant, elle était tout à fait comme madame Gauthier et tous les autres qui venaient pleurer dans la cuisine, le genre qui s'accroche, même devant l'évidence de la séparation.

Oui, elle lui parlerait une autre fois.

Et pourtant, elle s'entendit qui disait :

— Avant de mourir, il m'a...

— Pourquoi tu me parles encore de lui ? demanda Chalifoux, agacé.

— Il m'a... donné...

Elle se tut, mais il était trop tard. Chalifoux avait compris. Il regarda Marjorie, un peu hébété.

Comment n'avait-il pas vu ce qui lui crevait maintenant les yeux ?

Depuis qu'elle était petite, avec Marjorie, c'était toujours non. Non, elle n'avait pas remarqué qu'il y avait un client dans la cuisine. Non, elle n'avait rien entendu. Non, elle n'avait rien appris à l'école, n'avait parlé à personne, ne s'intéressait à rien. Non, elle ne savait pas. Et même ce non était difficile à lui arracher. Mais malgré tout son entêtement – sa stupidité –, elle était parvenue à se frotter contre un homme. Un abruti, lui aussi, probablement.

— Tu es avancée de combien ?

— Quelques jours ; me semble.

— C'est tout ? C'est peut-être une erreur.

— Pas d'erreur.

— Les clients ne vont pas aimer ça, dit Chalifoux.

— Moi non plus, rétorqua Marjorie.

— Ne me réponds pas comme ça, dit Chalifoux avec une colère subite. D'habitude, tu ne dis rien. C'est le moment de continuer à te taire.

Marjorie se referma sur elle-même.

— Bon, déclara Chalifoux. Il y a toujours une solution. Laisse-moi penser...

Chalifoux réfléchissait, faisait quelques pas, par-ci par-là. Il n'avait pas son pareil, pour les conseils ; était guidé par la voix du bon sens.

Il dit tranquillement :

— Quand une fille est comme toi... C'était le problème de Jeannette Duguay. Tu sais ce qu'elle a fait ?

Non, toi tu ne sais jamais rien. Laisse-moi te le dire. Elle avait ton âge – un peu moins, peut-être. On lui a trouvé un mari. C'est tout. Tu vois ? C'est moins pire que je pensais. Tu vas te marier. Je n'aurais pas cru ça de toi, mais coudon.

Peu bavarde, pas très jolie, qui donc aurait voulu d'elle ? Il était habitué à elle comme on s'habitue à ce qui nous entoure – rideaux, voiture et cadres de porte. Sans en être conscient, il avait cru qu'elle continuerait à coudre silencieusement près de lui. Puis, il aurait commencé à s'effacer, à se fondre dans le décor, petit à petit, entouré du bourdonnement continu des plaintes et des espoirs déçus, jusqu'au chuchotement final qui l'aurait emporté vers le vide dans lequel il n'y a rien ni personne, à part quelques spectres égarés qui s'enfargent dans des vapeurs qu'ils s'imaginent être éternelles.

Marjorie sentit comme un début de colère et se demanda ce qui lui arrivait. Elle avait l'habitude d'obéir au père ; ne savait pas encore qu'il existait autre chose que la résignation ou la fuite.

— Avec qui tu veux que je me marie ? parvint-elle à demander. Mon gars est mort.

— As-tu une autre solution ? cria Chalifoux. Non ? C'est bien ça que je te dis. Tu ne vas pas rester ici avec ton ventre à ne rien faire. J'en ai élevé une, c'est assez pour moi. Assez !

Puis il reprit, plus calmement :

— Si tu as l'âge de coucher avec un gars, tu as l'âge de te marier. Madame Gauthier a parlé de son fils. Ça fait un prospect. Aldonis, c'est ça son nom ? Aldonis Gauthier. Tu le connais peut-être ?

— Ça se peut, répondit Marjorie.

Elle aurait voulu retourner en arrière, être comme avant, dans les bras de Lucien au bord de l'eau, à entendre le clapotis de la rivière et le distant murmure de la ville.

— Tu vas te marier, conclut de nouveau Chalifoux. Mettons, dans deux semaines. Au début, quand tu commenceras à paraître, on dira que c'est des problèmes de digestion. Tu vas te serrer le ventre avec des bandes de tissu, c'était le truc de madame Joanisse avant qu'elle se fasse passer ses grossesses. Pas un chat dans la Basse-Ville qui savait qu'elle était enceinte.

Chalifoux se pencha vers sa fille.

— Mais si toi aussi, tu veux le faire passer... Tu le sais, que je connais l'adresse où tu peux le faire. C'est un gars de Timmins. Un spécialiste des anges. Pas comme le docteur Azoulay, le Québécois qui a tué la mère et l'enfant. Non. Il paraît que le gars de Timmins connaît bien son affaire.

Il se tut et songea brièvement aux dangers de l'avortement.

— C'est dangereux deux fois : la première, parce que

tu peux mourir au bout de ton sang, et la deuxième, parce que si on t'attrape, tout le monde va dire que je suis le père d'une criminelle.

Il fit le tour de la pièce en réfléchissant.

— C'est mieux de le garder.

Et enfin :

— Bon, tu le gardes. Ton mari va penser que tu engraisses vite, tu lui diras que le mariage te fait du bien. De toute façon, les hommes ne connaissent rien aux femmes. Sauf moi – mais moi, c'est mon métier, de connaître leurs petites affaires mystérieuses. Je vais te dire une chose : le mystère, il n'y en a pas. C'est des inventions de curé.

Il était satisfait de lui-même. Et, à vrai dire, peu fâché contre les femmes. Les femmes, c'était une bonne partie de sa clientèle.

— Bon, ajouta-t-il. Ça a l'air que tu es une femme, toi aussi.

Marjorie aurait voulu répondre oui, doucement, comme elle savait si bien le faire, avec une voix lointaine... Mais elle avait toujours son petit début de colère, coincé quelque part entre sa gorge et son cœur, cet avorton qui s'emballait dans sa poitrine – ne dis rien, ne dis rien – et qui ressemblait à un frémissement ; ou encore à une vibration, un mauvais élan, comme une locomotive quand elle se met en branle, tchouc, tchouc. Ça part lentement, mais essayez donc de l'arrêter une fois partie. Et d'une voix coincée par l'émotion, elle cria :

— Mais lâche-moi donc tranquille !

Chalifoux sursauta, étonné. Pour une fille qui ne parlait pas, qu'est-ce qui lui arrivait, de crier comme ça ?

— Comment tu oses me parler de même ? hurla-t-il.

Marjorie se retrancha immédiatement dans le silence. Continua à penser – ne dis rien, surtout pas un mot, pas un mot pour le faire commencer, sinon ça ne finira plus – en serrant la mâchoire. Ce n'était pas le bon moment, non, vraiment pas. Enceinte d'un gars qu'on venait d'enterrer, voyons donc, il n'y a pas une fille qui aurait dit quoi que ce soit à son père, sauf « Oui, Dad ». Ce qu'elle dit sur-le-champ, puis une fois encore avec des tremblements de colère qui firent plisser ses lèvres : « Oui, Dad. » Et ça prenait du courage, autant pour se taire que pour parler, face à ce père-là.

⋮

— Je viens d'avoir une idée, reprit Chalifoux d'un ton mauvais. Les clients ne voudront plus venir ici, à cause de toi. Tu ne pouvais pas te retenir, avant de sauter sur le premier gars venu ? En tout cas, la seule solution, c'est le travail. Je ne veux plus t'avoir dans la face quand je travaille.

— Quel travail ? demanda Marjorie.

Sa voix encore altérée par la colère ; pas capable de se taire. Et pourtant, c'était, pour ainsi dire, sa spécialité, d'habitude. Ça devait être le deuil qui la faisait exploser. Les clients le disaient : quand un être aimé vient de mourir, on ne se reconnaît plus. Tiens, c'est moi, cette personne qui fond, qui s'écroule sur le plancher ? C'est moi, cette violence, et puis le sentiment bizarre d'être séparé du monde réel, de devenir l'émotion sans cervelle – la rage, surtout ?

— Es-tu en train de te mettre en maudit contre moi ? cria Chalifoux. Je te dis que tu ne peux plus rester ici à faire de la couture. Je veux que tu travailles pour un patron, avec un chèque de paye.

— C'est ça que tu veux, que je trouve de l'ouvrage ?

— Je viens de te le dire, sacrament ! Comme ça les clients ne te verront plus.

— Tu veux que je conduise un taxi, peut-être ? Ou un autobus ?

Chalifoux en eut le souffle coupé. C'était sa fille – pas lui – qui avait fait la faute. Puis maintenant elle faisait la fière. Elle avait du front tout le tour de la tête, l'audace baveuse d'une jeune imbécile, comme toutes les filles de sa génération – mais pour qui se prenait-elle ?

Marjorie pensa – et son petit bout de colère vint de nouveau se manifester – que peut-être, si un jour c'était possible... elle pourrait elle aussi se mettre à crier, pour le faire complètement capoter. Ça le rendrait fou. Il se jetterait tête première par la fenêtre. Sa tête éclatée sur le trottoir – quatre étages, est-ce assez pour qu'il crève? Marjorie écarquilla les yeux de honte. C'était complètement interdit, de penser à des choses pareilles. Voyons donc, ferme ta trappe, se dit-elle. Efface toutes tes pensées, ferme-toi le cœur, mets ta main sur la bouche. Mais elle continua à voir la tête éclatée de Dad sur le trottoir, avec les passants qui s'attroupaient pendant qu'elle prenait la fuite – mais où? Montréal, probablement. Grosse population francophone. Du travail plus qu'à Ottawa. À moins d'aller aux chutes du Niagara et de se sacrer dedans, tête la première?

— Tu veux conduire un autobus? Ça ne doit pas être bien dur à apprendre, reprit Chalifoux d'un ton mauvais. Tu regardes en avant, tu mets les pieds sur les pédales, tu tournes le volant puis l'autobus avance. Le tramway aussi, c'est une bonne affaire. Ça doit être facile à conduire. Je ne sais pas s'il y a des pédales. Louis Saint-Laurent sera fier de toi, tu vas enfin participer à la bonne santé du marché.

Chalifoux venait de se calmer, retrouvant toutes ses capacités dans ses thèmes de prédilection. Il s'épancha sur l'économie, sur le premier ministre « Papa Louis » et ses Libéraux, sur les finances de son pays.

— Ça va être plus juste, ici, conclut Chalifoux. Pour le loyer, tu commenceras avec ta première paye.

— Quel loyer ? demanda Marjorie, qui avait la tête dans les nuages, quelque part entre Montréal et le bout du monde.

Chalifoux rétorqua que, de jouer à l'imbécile, c'était un jeu dangereux ; tout le monde allait finir par croire qu'elle était vraiment imbécile ; lui-même le croyait déjà. Voyons donc ! Le loyer, il lui en parlait tous les mois depuis sa naissance : le loyer qu'on devait au propriétaire, qu'il fallait payer sous peine d'être jeté dehors. C'était pour cela qu'il écoutait les autres se plaindre à longueur d'année.

— S'il n'y avait pas de clients, crois-moi... Tu peux remercier les gens de la Basse-Ville de mourir aussi souvent. Ceux qui restent sont bien braillards.

Puis, légèrement, parce qu'il voulait en savoir tout de même un peu plus – mais pas trop :

— Ton homme, j'imagine que tu l'as rencontré sur le coin d'une rue, pendant une de tes marches ?

Marjorie ne releva pas l'exactitude du propos ; avait l'habitude de ces commentaires éclairés, précis, détaillés.

C'était elle qui avait couru après le gars, supputa Chalifoux. Pas un gars au monde ne l'aurait remarquée, elle, toujours en gris ou en brun, des jupes grises et des bas bruns, des chemises grises et des manteaux bruns ; du brun, du gris, et encore du brun. Parfois du bleu marine. Et re-brun. Des couleurs qui ne mettent pas en train pour l'amour – pas comme les filles qui sentent les robes fleuries et le spray-net. Son Roger avait dû la remarquer par ses mollets ; des mollets comme il ne devrait pas en exister sur une fille normale.

— Heureusement pour toi, poursuivit Chalifoux, que ton père connaît tout le quartier. Ça ne va pas être bien dur de te trouver de l'ouvrage.

Puis il réfléchit et dit :

— Ça ne devrait pas être bien dur non plus de te trouver un homme. Il faut faire ça maintenant. Dans quelques semaines, ton ventre, ça va être un drapeau planté sur un territoire gagné par un autre, et plus personne ne voudra de toi. Un homme veut qu'on le connaisse par ses enfants, ses enfants à lui, pas la marmaille d'un autre.

— Oui, répondit Marjorie, en poussant un autre soupir.

— C'est clair, répliqua Chalifoux.

Et enfin – enfin ! –, il se tut.

C'était de mauvais augure, ce silence. Cela voulait dire à coup sûr qu'il était en train de réfléchir. Une idée avait germé quelque part dans sa tête ; cherchait le meilleur moyen d'en sortir. Puis il toussa ; venait de trouver.

⋮

Marjorie avait une grosse envie de pleurer, qui lui était venue comme pour la colère, de nulle part.

— Je vais te dire, annonça Chalifoux. Il ne voudra pas de toi si tu lui dis la vérité... On peut se parler, maintenant que tu connais les mystères de la nature.

Sa phrase s'acheva sur un rictus. Sa propre fille, la petite Marjorie pas trop réveillée, aux tresses sages et au regard absent, qui jouait au pot de fleurs sur sa chaise de bois, l'avait mené en bateau depuis sa naissance.

— C'est simple. Aldonis, tu dois coucher avec cette fin de semaine. Justement, samedi soir, je sors.

Chalifoux sortait rarement, sauf pour aller à l'église racoler des clients.

— Oui, je sors, répéta-t-il avec force. Toi, tu te promènes tout le temps. Samedi soir, c'est mon tour.

Il ne précisa pas où il pensait aller, et Marjorie ne songea pas à le lui demander.

— Tu iras à la nouvelle place sur Dalhousie, avec la pancarte des milk-shakes dans la vitre. Tu iras là à six heures. Tu mangeras des patates frites, puis ton Aldonis va payer. Tu diras que tu as oublié ton chandail. Tu le remontes ici. Tu lui fais son affaire. Je reviens à minuit. Je me mets en beau crisse, je vais voir la veuve Gauthier, je réclame le mariage. C'est elle qui m'a parlé de son gars ; tant pis pour elle.

Puis, les narines dilatées, il ajouta :

— À son âge, il est fin prêt pour une belle nuit d'amour.

« Amour, amour, ce n'est pas un mot pour les vieux, ce n'est pas un bon mot pour ta bouche, Dad », songea Marjorie, qui ne voulait plus du tout pleurer.

— Tu te maries dans une semaine, peut-être deux. Sa mère va avoir peur pour l'honneur de la famille quand je lui dirai que son gars a manqué de respect à ma propre fille. Elle comprend ça, le devoir. Puis, si elle ne comprend pas, je vais lui expliquer. Comme elle vient de perdre son mari, c'est le temps d'organiser un mariage. Ça va lui faire oublier sa peine. As-tu compris ?

— Oui.

— Tu vois ? Finalement, ça ne va pas être si pire que ça. Au moins, tu vas être mariée. Va donc acheter un bon rosbif pour ce soir. Avec ta paye, on va pouvoir s'en permettre.

— Et des patates ?

— Connais-tu du monde qui mange sa viande sans patates ? cria Chalifoux, exaspéré.

Sur ce, il alluma la radio et ne fit plus du tout attention à Marjorie, qui sortit en relevant la tête. Fit la fière, comme si le monde tel qu'elle l'avait toujours connu ne venait pas de s'effondrer, là, juste à l'aube de sa vraie vie de femme.

Vendredi
- La triste nouvelle vie -

Il y a des hasards qui sont si favorables qu'on les dirait préparés d'avance pour nous convenir. La vie allait enfin être du bord de Chalifoux – temporairement.

Le lendemain de la grande décision selon laquelle Marjorie allait trouver de l'ouvrage au plus sacrant, coucher avec un innocent dans les prochains jours, puis se marier avec lui dans une semaine ou deux, une voisine l'accosta dans le corridor alors qu'elle partait acheter du pain.

— Ça t'intéresserait, de l'ouvrage de couturière ?

Marjorie appela son père. Pas content-content, Dad, de parler sur le bord de la porte avec une commère.

La voisine connaissait une employée municipale, laquelle avait entendu parler d'un vieux couple de chapeliers, lequel cherchait une couturière, ménagère ;

et si l'employée faisait l'affaire, vendeuse, éventuellement.

— Je le savais, dit Chalifoux en se faisant craquer
les jointures de satisfaction, que la providence n'allait
pas continuer à faire sa chienne avec moi.

Marjorie pouvait se faire éclater le ventre, maintenant, ça n'était plus son problème.

— Va donc voir le magasin de chapeaux.

Puis, à la voisine :

— C'est où, votre couple de chapeliers ?

— Quelque part sur Bronson...

— Ah, maudit. Ça doit être des Anglais.

La voisine constata qu'il devait être bien désespéré
pour accepter d'envoyer sa fille unique chez des
Anglais. Chalifoux lui conseilla de se mêler de ses
affaires ; et merci, et connaissez-vous le nom du magasin ; c'est sur Bronson, répéta la voisine. Oui, vous
venez de le dire, répliqua Chalifoux avec un semblant
de patience. Puis : « Ça ne vous dérange pas de rado-
ter, à quarante ans seulement ? » On ne pouvait pas
se tromper, répondit la voisine d'un ton pincé, le
magasin s'appelait Hats for Ladies.

— C'est bien correct, dit Dad.

Puis, se tournant vers Marjorie :

— Tu aimes ça, marcher. Vas-y donc.

— Mais où ?

— Hats for Ladies, elle vient de le dire. C'est sur

Bronson. Tu marches jusqu'à ce que tu voies l'enseigne.

— Mais... et le pain ? fit Marjorie avec précaution.

— Vas-tu, pour une fois, comprendre ce que je te dis sans que je sois obligé de me répéter ? Je te dis d'y aller ! Marche !

Marjorie, ça ne lui tentait pas, mais pas du tout, de marcher. D'habitude, elle aimait ça comme une folle, mais là, elle aurait voulu rester assise ; possiblement dans un cimetière ; préférablement les pieds dans une tombe ; aurait attendu la mort avec plaisir ; oh oui !

Du haut de la fenêtre, Chalifoux lui gueula après de se dépêcher :

— Cours, sacrament ! Tes Anglais t'attendent !

Elle obtempéra. Fit semblant de courir. Puis, tournant la tête pour s'assurer que Chalifoux ne pouvait plus la voir, ralentit le pas. Avança comme une tortue ; fit presque du surplace. Chaque seconde la rapprochait de l'inconnu – ordre du père ! – dont elle ne voulait pas. Elle comptait ses pas comme s'il s'était agi du nombre d'années qu'il lui restait à vivre. Il y en a qui meurent à seize ans, comme sa propre mère, et d'autres qui prennent leur temps. Avec sa malchance, elle pouvait durer jusqu'à cent ans ; surtout si elle devenait chapelière, un métier sans trop de risque, sauf celui de mourir d'ennui.

Soupira ; soupira encore ; et arriva à Hats for Ladies.

⋮

Dans la vitrine, il y avait des chapeaux et des gants : gants de coton et chapeaux mous, chapeaux à pompons, à voilette, chapeaux de paille et de velours, chapeaux de fourrure et gants de cuir. Ils sont fous, les propriétaires, se dit Marjorie, de vendre de la marchandise d'hiver. En été, on ne pense pas à la neige, voyons donc ; on pense à maintenant ; et maintenant il faisait chaud. Marjorie avait mis sa seule paire de gants et son béret. Elle trouvait qu'elle avait l'air pas mal épaisse, avec ces parures-là, en pleine chaleur.

— Vous cherchez un chapeau ? lui demanda une petite bonne femme pas très aimable.

— Non, j'en ai déjà un. Je viens pour le travail, répondit Marjorie de son plus bel anglais.

Elle sourit. Parler anglais, depuis qu'elle était petite, elle aimait ça ; peut-être pour écœurer son père, qui parlait anglais aussi bien qu'un autre mais qui jouait à l'imbécile lorsqu'il ouvrait la bouche, en faisant semblant de chercher les mots qu'il connaissait très bien ; et Marjorie se demanda ce qu'elle avait de pas normal – les autres filles respectaient leurs parents, elles. En tout cas, elle pouvait se féliciter, son anglais allait lui donner son premier chèque de paye. Ou peut-être pas – la petite bonne femme avait l'air d'avoir un maudit caractère difficile.

Tant mieux si elle ne l'avait pas, ce travail. C'était sombre et désagréable, ici.

— Vous êtes recommandée par qui ? demanda la femme en la scrutant des pieds à la tête.

— Par ma voisine, répondit Marjorie en la regardant des yeux à la tête, elle aussi.

Elle haïssait ça, le monde qui essaye d'intimider les autres. Et elle se dit : moi aussi, je suis capable de t'observer.

— Comment s'appelle-t-elle, votre voisine ? demanda la femme, peu aimable.

— Ce n'est pas elle qui vous connaît, répondit Marjorie, peu aimable à son tour. C'est une de ses amies.

— Bien.

Il y eut un gros silence fatigant. Puis l'Anglaise lui fit un large sourire et s'approcha d'elle ; un peu trop près, pensa Marjorie sans reculer.

— Ce n'est pas important, j'en parle à la ronde depuis quelques jours. Ce qui compte, c'est ce que vous savez faire. Je vous trouve très jeune, mais la jeunesse n'est pas un défaut, à ce que je sache. Vous faites de la couture ?

— Oui.

— C'est bien. Vous allez me montrer. Suivez-moi.

Dans l'arrière-boutique : tissus et chapeaux ; table au milieu de la pièce, napperons en dentelle dessus et quatre chaises disposées autour ; deux fauteuils de cuir ; et une lampe avec abat-jour. Sur des étagères, des tissus, des bobines de fil, des boîtes à chapeau. Le tout rangé n'importe comment. Odeur de renfermé. L'Anglaise lui fit un sourire.

— Je m'appelle Mrs Virginia.

— Marjorie Chalifoux.

Dans l'ancien temps, les servantes auraient fait la révérence.

— Installez-vous, ordonna Mrs Virginia.

— Où ?

— Eh bien, dans le fauteuil à gauche. C'est le mien. D'habitude, c'est moi qui fais la couture. Ça m'occupe. Mais je commence à vieillir. Je ne vois plus aussi bien qu'avant. La maison a besoin d'une nouvelle couturière.

Mrs Virginia lui donna du fil, une aiguille, un petit chapeau de feutre tout usé et un rang de dentelle.

— Cousez la dentelle sur le bord, ici. Je vais vous regarder faire.

Marjorie la regarda d'un air surpris.

— Mais enlevez vos gants d'abord. Votre béret, aussi. Posez-les sur la petite table, là.

Marjorie s'exécuta ; prit le chapeau de feutre, un peu déchiré, et la dentelle blanche, pas mal défraîchie ; se mit à coudre tranquillement, en prenant bien son temps comme elle savait le faire ; attentive à sa respiration et au mouvement de ses doigts.

— Vous n'allez pas vite, lui dit Mrs Virginia, ni reproche ni compliment dans la voix.

— Il y a une urgence ? demanda Marjorie.

— Nous arriverons tous à Noël en même temps, rétorqua Mrs Virginia.

— La dentelle, c'est de la robe de curé, se dit Marjorie à elle-même.

Elle leva la tête et regarda l'Anglaise longuement. Vieille, maigre et sèche, cette Mrs Virginia. Comme si elle rétorquait, Mrs Virginia lui dit :

— Vous êtes un peu trop pâle. Moi aussi, je le suis, mais beaucoup moins que vous. Vous êtes toujours aussi pâle ?

— Je ne sais pas.

Mrs Virginia réfléchit un instant.

— Je cherche quelqu'un qui sait travailler, pas une élégante pour le catalogue de Sears.

L'air était étouffant. Marjorie se trouva mal et dut poser son aiguille – c'était quoi, cette nausée, se demanda-t-elle. Trouva la réponse. C'était Lucien qui, après l'avoir fait rire, la faisait maintenant pleurer.

— Pour une nouvelle employée, lui dit Mrs Virginia, vous me semblez bien faible.

— Je suis engagée ? Déjà ? demanda Marjorie, une pointe de désespoir dans la voix.

— Ça ira. Howard est en voyage d'affaires à Toronto jusqu'à dimanche. Il sera content de savoir qu'il y a maintenant quelqu'un pour le travail. Félicitations, vous êtes ma première employée. Le magasin m'appartient – toute la maison m'appartient. Notre appartement est au deuxième étage. Vous savez servir les clients ?

— Mon père a des clients.

Mrs Virginia la regarda d'un air soupçonneux.

— Quel genre de clients ?

— Des gens qui ont perdu leur femme ou leur mari.

— Un genre de psychiatre ?

— Un genre de médium, répondit Marjorie. Il parle avec les morts.

— C'est comme ça qu'il gagne sa vie ? demanda Mrs Virginia en fronçant les sourcils.

— Oui.

— Et votre mère ?

— Ma mère est morte.

— Bien, rétorqua Mrs Virginia après quelques secondes de réflexion. Il faut bien gagner sa vie, et mourir un jour. Vous faites le ménage ?

— Ce n'est pas mon père qui le ferait.

— Alors montrez-moi, dit Mrs Virginia.

Mrs Virginia prit un seau d'eau, y mit quelques gouttes de vinaigre blanc ; alla chercher un torchon et un tablier. Marjorie se mit tout de suite à la besogne et frotta comme elle le put. La pièce sentait la vieille grenouille de bénitier. Avec le vinaigre, ça faisait un drôle de mélange – tu parles d'une idée de laver une maison avec du vinaigre ! Chez elle, elle lavait avec du Palmolive, puis c'était propre, chez elle, ça ne sentait pas les œufs au vinaigre – Dad aimait ça, les œufs au vinaigre ; avec de la bière. Les œufs, pour l'instant, ça lui donnait la nausée ; maudit. Marjorie regarda Mrs Virginia d'un air douloureux et dut s'asseoir. Mrs Virginia, qui l'avait observée tout le long, plissa des yeux.

— Vous êtes malade ?

— Seulement aujourd'hui, répondit Marjorie, qui se sentait de plus en plus mal.

— Il faut sortir, si vous ne vous sentez pas bien.

— Pour aller où ? demanda Marjorie.

— Dehors. L'air frais est bénéfique pour la jeunesse. Pour moi aussi. Je vous accompagne.

Mrs Virginia lui fit remettre son béret, ses gants ; se choisit elle-même un chapeau farfelu dans la vitrine et des gants blancs. Ferma à clé la porte du magasin.

— Marchons, dit-elle.

Elles firent quelques pas, lentement. Marjorie retrouva peu à peu des couleurs. Sa nausée lui était venue de l'air rance de la boutique, espéra-t-elle, pas de son état ; puis se souvint de Lucien, qui devait faire la fête au paradis. Si le paradis existait.

Elles passèrent devant une pharmacie et Mrs Virginia proposa à Marjorie d'y entrer.

— Pas besoin de remèdes, je vais mieux.

— Le pharmacien pourrait vous conseiller.

— Pas besoin de conseils.

Marjorie ne lui faisait pas confiance, au pharmacien. Un gars qui avait fait des études, probablement ; qui allait tout de suite savoir qu'elle était enceinte. Le remède : accoucher. Non, elle ne voulait surtout pas entrer dans la pharmacie.

— Les pharmacies, c'est agréable, reprit Mrs Virginia qui piétinait sur le trottoir, traînassait, regardait dans la vitrine avec plaisir. J'y vais parfois. J'aime l'odeur. Mais si vous allez mieux, rentrons.

— Alors, je suis engagée, c'est vrai ?

— Mais oui !

La détresse de Marjorie fut immédiate. Elle dut lutter pour que les larmes ne se mettent pas à couler ; se mit à renifler. Trouva un mouchoir dans sa poche. Se moucha assez fort.

Mrs Virginia, qui l'avait regardée avec attention, déclara soudain : « But she is with child ! »

— A little bit, mais pas tellement, répliqua Marjorie.

— Vous êtes donc mariée, déclara Mrs Virginia.

— Ah non, puis même pas a little bit.

C'était clair qu'elle venait de perdre son travail, se dit-elle avec soulagement. Dad allait virer fou. Il lui dirait qu'elle aurait dû mentir – mais pourquoi mentir à cette petite bonne femme si sèche, pour qui elle commençait à ressentir – étrangement – une certaine sympathie ? Elle attendit la question au sujet du père – qu'en pense-t-il, de votre grossesse ? –, question qui ne vint pas. Attendit que Mrs Virginia relance la discussion, ce qui ne vint pas non plus. Attendit. Regarda Mrs Virginia, bien en face.

— Je ne parle pas beaucoup, dit Marjorie. Vous non plus, on dirait.

Mrs Virginia la toisait sans rien dire. Puis sourit de nouveau. Gentiment.

⋮

Chez Marjorie, c'était Dad qui parlait. Dès qu'il y avait dans la pièce comme un soupçon de silence – s'il lui disait qu'il n'avait plus de rendez-vous pour le reste de la journée, ou qu'il l'avait assez vue et qu'elle pouvait disparaître de sa face –, c'était le signal de sa délivrance. Elle partait – non, elle se sauvait.

— Je ne me sauve pas vraiment. J'aime la marche. Ça me fait du bien.

— Pour aller où ? demanda enfin Mrs Virginia.

— N'importe où.

Des heures durant, elle marchait dans la ville, sans savoir où elle allait. Cela faisait jaser – ou du moins, elle croyait que les gens parlaient d'elle, car les jeunes filles n'ont pas à courir les rues. Mais elle marchait sans crainte, tôt le matin ou à la nuit tombée, ou en plein jour ; pour oublier les mots. Quels mots ? demanda Mrs Virginia. Les mots des morts, répondit Marjorie. Elle attendit le commentaire de Mrs Virginia. Pas de commentaire. Puis, finalement, après un long, long moment :

— Ah, bon.

Ni offusquée ni sceptique. Plutôt présente et attentive.

Marjorie poursuivit. Quand une phrase sonnait plus fort qu'une autre dans sa tête – « Je ne peux plus vivre sans lui ! » Ou encore « Elle était donc belle, ma femme ! » Ou encore « Mon Dieu, mon Dieu, Tu as abandonné Ton Fils, et maintenant c'est moi que Tu abandonnes ! » Quand ces phrases si empreintes de vies cassées la travaillaient jusqu'au plus profond d'elle-même, elle se mettait à marcher plus vite, et presque à courir. À la longue, elle avait développé des mollets en béton. Lucien, un jour, le lui avait fait remarquer – Lucien, c'était le père de… Ou le gars qui… En tout cas, celui qui…

— Je comprends, dit Mrs Virginia.

Bref, Lucien lui avait dit :

— Tu as des jambes pour jouer au hockey, pas pour faire l'amour.

Elle n'avait pas su s'il s'était agi d'un compliment ou d'une moquerie.

— Oh, ajouta Marjorie, je ne devrais pas vous raconter cela !

Mais Mrs Virginia ne répondit rien, et Marjorie continua, d'une voix haletante qui en avait long à dire et qui, immobilisée depuis tant d'années, ne demandait pas mieux qu'à se faire entendre. C'était comme si un barrage avait cédé. Incapable de se retenir. Entre deux phrases, elle disait :

— Je vais arrêter, ça ne m'arrive jamais.

En plein milieu d'une phrase, Mrs Virginia se leva et lui fit signe d'attendre. Marjorie en fut épouvantée. Mais non, pas besoin de s'inquiéter : Mrs Virginia allait tout simplement fermer la porte d'entrée à clé, avec l'écriteau « Closed ». Fermé pour la journée, fermé pour elle, Marjorie-with-child.

— Vous allez penser que je suis une fille bavarde, mais je ne suis pas bavarde, vraiment pas. Si vous me connaissiez comme je suis, vous le sauriez tout de suite. Quand j'ai rencontré Lucien, lui, il parlait un peu plus que moi. Oui, pas mal plus. Il aimait rire, ce gars-là ! On allait se marier. Il est mort avant.

Un sanglot perça dans sa voix. Oh non, se dit-elle,

je ne vais pas brailler devant elle. Et de fait, elle pleura ; en sacrant ; s'excusa de sacrer ; voulut cesser de pleurer. Pleura de plus belle, en sacrant, et en s'excusant.

— Voulez-vous un verre d'eau ? demanda Mrs Virginia.

— Oui.

Elle but son verre d'eau de travers. S'étouffa. L'eau ressortit par son nez, avec des traînées de morve. Ah ! La honte ! Mrs Virginia fouilla dans sa poche et lui tendit son mouchoir.

— Vous pouvez le garder, dit-elle.

Marjorie comprenait. Elle non plus, elle n'aurait pas voulu ravoir son mouchoir de belle dentelle délicate du Portugal plein de larmes et de bave d'une fille enceinte d'un gars mort dans un accident d'automobile parce qu'il avait trop bu la veille et qu'il y avait de la pluie sur la route.

— Mon Lucien, ce n'était pas un saint. C'était juste mon amoureux. Un gars ordinaire qui aimait faire la fête. Puis il est mort.

Mourir, n'importe quel imbécile pouvait le faire, poursuivit Marjorie, prenant le ton de la confidence et l'assurance de la jo-connaissante qu'elle était en matière d'au-delà – des années à les entendre parler, les morts, ça lui donnait bien quelque chose. Une expertise, peut-être, comme une perspicacité qui allait plus loin que la réalité de tous les jours.

La mort, donc, ce n'était pas bien difficile, un pas à franchir. Au début, on se demande si on saura faire, si on pourra trouver et couper la corde qui nous enchaîne à la terre. On a peur, on se demande ce qu'il y aura de l'autre côté – peut-être la Sainte Vierge, si jolie avec sa tête penchée, comme celle du vitrail de l'église où Marjorie allait parfois avec Dad. Mais quand on pense aux mille et cent morts de la Terre entière depuis que le monde est monde, ça en faisait pas mal, des vivants qui avaient su comment s'y prendre pour passer de l'autre côté.

— Ah! dit Mrs Virginia.

Mais Marjorie ne l'entendit pas; non; venait de repenser à son amour brisé.

Lucien, la première fois qu'elle l'avait embrassé, il lui avait donné une vision. Elle avait voulu garder les yeux ouverts – c'est plus intéressant, on voit comment ça se passe, l'expression de l'autre –, mais une grande force, un genre de réflexe, peut-être, lui avait fermé les yeux. Elle s'était vue dans un grand pré, l'herbe était orange, le ciel aussi. Elle s'était vue comme on voit quelqu'un d'autre, de l'extérieur. Lucien lui tendait la main. C'était tout. Mrs Virginia lui demanda comment elle savait qu'il s'agissait d'une vision. Eh bien, rétorqua Marjorie, quand on a une vision, on le sait. Ce n'est pas un rêve, ce n'est pas une imagination, ce n'est même pas de la croyance. On le sait parce qu'on le sait. Comme on sait que le ciel est bleu et que l'herbe est verte.

Mrs Virginia se pencha vers elle et lui demanda – si sérieusement que Marjorie en eut presque le fou rire :

— Et vous... Que croyez-vous ?

Marjorie se gratta le ventre et fit mine de réfléchir. Eh bien, finit-elle par répondre, ce qu'elle croyait... Il y avait du Dieu et du diable en chacun de nous...

— On s'en accommode, poursuivit-elle. Le bon et le mauvais vivent main dans la main.

Mrs Virginia insista :

— Et la prière ?

— Eh bien, commença Marjorie, la prière, c'est une façon de passer le temps.

Un jour, poursuivit Marjorie-qui-parlait, Marjorie-la-pas-capable-de-se-taire-une-seule-seconde... Un jour, une religieuse était venue voir son père. Avait insisté pour que Marjorie reste à côté d'elle – lubie de cliente. Et au milieu de sa triste histoire de décès d'une sœur adorée, elle avait secoué la tête et elle avait dit, en pointant Marjorie du doigt :

— Votre fille, elle est en prière depuis tout à l'heure.

Marjorie avait remercié la religieuse du regard ; avait eu l'impression d'être comprise, profondément. La prière, c'est un instant qui passe ; lorsqu'autour de soi les objets se découpent clairement du décor, que l'air devient palpable, que les sons prennent une clarté qui raisonne méticuleusement dans les oreilles.

— Et vous, que croyez-vous ? lui demanda encore une fois Mrs Virginia.

Marjorie fut soudain exaspérée – et pourtant, deux gros yeux qui lui percèrent le cœur sans qu'elle sût pourquoi ils la scrutaient avec bonté. Deux beaux yeux qui lui faisaient une peur bleue, un peu comme les yeux de la bonne sœur grasseyante. Quand on n'est pas habitué à la bonté, c'est presque une claque en pleine face. Ça met mal à l'aise, ça indispose ; c'est indécent, quasiment.

— C'est votre tour de parler, dit Marjorie. Ça ne peut pas toujours être moi.

Et, de but en blanc, pour changer la conversation, ou mieux encore, pour la faire cesser d'être si fine et compréhensive – provoquer les gens, ça marche bien pour les faire virer de bord et s'enfuir à toutes jambes –, Marjorie lui demanda :

— Avez-vous des enfants ?

Mrs Virginia leva les sourcils de surprise.

— Mais oui, c'était la volonté de Dieu, répondit Mrs Virginia. Qu'est-ce que ça peut bien vous faire ?

— Rien, répondit Marjorie.

Puis elle se tut, complètement épuisée. Il était tard, elle entendait le bruit des voitures et le claquement des pas des passants qui retournaient au foyer après leur longue journée d'ouvrage. Elle respirait lourdement, la tête vide ; malheureuse. Elle se leva et dit :

— Je dois m'en aller. Dad m'attend.

C'était faux. Dad ne l'attendait jamais. Elle pouvait bien rester là où elle voulait, aussi longtemps qu'elle le désirait, il n'allait pas poser de questions, lui. Allait se coucher avant elle s'il avait sommeil ; la regarderait à peine le lendemain.

Mrs Virginia se leva à son tour. Elle va me mettre dehors, se dit Marjorie, trouvant qu'elle avait raison. À sa place, personne ne voudrait d'elle.

— Attendez-moi un instant. J'ai un livre pour vous, dit Mrs Virginia.

Elle alla fouiller dans un tiroir, en ressortit un bouquin usé, le donna à Marjorie : *Book of Common Prayer*, Anglican Church of Canada.

— Êtes-vous en train de me niaiser ? demanda Marjorie.

— Si votre père vous pose des questions, dites-lui que c'est une condition d'embauche. Donc, lisez-le, et revenez m'en parler lundi.

— Je n'aurai pas le temps de lire. J'ai d'autres choses à faire.

— Lundi matin, répéta Mrs Virginia.

Sur ce, elle déverrouilla la porte du magasin, attrapa Marjorie par la manche et la poussa dehors.

Dad lui demanda :

— Puis ? Ton Anglaise ?

— Correct, répondit-elle en haussa les épaules. Je dois y retourner lundi.

— Excellent, dit Dad. C'est comme je disais : de l'ouvrage avant le mariage. Je lui ai parlé, à la veuve Gauthier. Tu vois son fils demain. Il est apprenti au journal *Le Droit*. Il te reste juste à espérer qu'il soit moins cave que sa mère.

Marjorie partit dans sa chambre sans commentaire ; s'installa dans son lit ; feuilleta le livre de Mrs Virginia ; resta butée sur la phrase « L'éternel est dans son saint temple ». Quelle phrase, bonne pour les Anglais seulement, pensa-t-elle. Chaque mot écrit comme pour agacer. L'éternité, tu parles d'un mensonge ! De vraies histoires pour les petits enfants.

Marjorie continua pourtant à parcourir le livre ; dormait à moitié dessus. Ah ! Que c'était plate ! Elle ferma les yeux, les rouvrant avec peine, choisissant d'un regard négligent certains mots : véritablement, joie, chantez... Des mots pour s'endormir... En attendant de coucher avec le gars Gauthier...

Aldonis... Beau bonhomme, d'après ses souvenirs. Justement, elle haïssait ça, les beaux bonshommes ; ne leur faisait pas trop confiance. Et... Si l'envie de faire l'amour ne venait pas ? Si elle avait... envie... de bûcher sur lui ? Eh bien, tant pis pour toi, Marjorie Chalifoux, se dit-elle en s'endormant tout à fait.

Samedi
- Couche-toi là -

N'importe qui, au premier coup d'œil, aurait pu remarquer que ça ne marcherait jamais, entre ce gars-là et cette fille-là. Impossible. Pas un seul atome crochu, pas un seul rayon infime d'espoir qu'une lueur de quelque chose allait s'allumer entre eux. La serveuse se l'était déjà dit à elle-même en leur apportant les patates et les milk-shakes : autant qu'ils s'en retournent chacun chez eux tout de suite, aucune chance qu'ils se touchent ce soir, pas même du petit doigt. Elle comprenait le gars : la fille, on dirait qu'au lieu de se faire belle pour son amoureux, elle avait fait le contraire... Mais qu'est-ce qu'elle avait, la fille, à faire la fine bouche devant une si belle pièce d'homme ?

Marjorie et Aldonis n'avaient pas desserré les dents. Ni en mangeant ni après avoir mangé. Et dans la tête de l'un comme dans celle de l'autre, de la colère, en veux-tu, en voilà : si tu ne parles pas, je ne parle pas ; ça me fait chier d'être ici avec toi. C'est mon père qui me force à t'endurer ce soir. C'est ma mère qui m'a dit de sortir avec toi. Je finis mes patates et je décrisse.

Fallait-il vraiment qu'elle couche avec ça ? Ce gars aux yeux comme de l'eau dans le fond d'un verre graisseux, un peu troubles, lents à réagir ? Allait-elle vraiment devoir rentrer chez elle, celui-là derrière elle comme le condamné à mort qu'il était ? L'appartement était vide. En masse de temps pour faire l'amour. Marjorie toute nue sur la table de la cuisine. Les vêtements éparpillés dans la colère et la résignation. Aldonis à la tâche comme dans un abattoir. Elle fermerait les yeux et rêverait à Dutil, juste pour lui montrer qu'elle préférait s'accoupler avec une brute – sensuelle tout de même, la brute, et délicate en amour.

Ils se levèrent en même temps et se bousculèrent en sortant du restaurant – tasse-toi de mon chemin, pensèrent-ils, sans se le dire franchement.

Aldonis s'éclaircit la voix :

— Je te ramène chez toi ?

Elle baissa la tête. Chez elle, il n'y avait personne, et rien d'autre que la cuisine ; la grande table sur laquelle elle allait devoir s'étaler.

— Non, répondit-elle.

Elle venait d'entendre la voix des morts qu'elle avait connus au fil des ans. Ces voix-là ricanaient. Ah, elle avait l'air d'une belle tarte, maintenant qu'elle avait une bedaine de femme mariée, debout sur le trottoir avec un gars qui n'avait rien à dire. Et puisque les morts s'ennuient, ils allaient tous se rendre au spectacle, dans la cuisine des Chalifoux, se battraient pour pouvoir l'observer de plus près lorsqu'Aldonis lui rentrerait dedans, applaudiraient quand enfin sa semence irait se cogner contre le petit être au fond de ses entrailles.

— Bon, dit Aldonis en laissant traîner la voix.

— Ah, dit Marjorie sèchement, tu sais parler ?

Aldonis regarda dans le lointain. Justement, une belle fille y passait. Aldonis eut un soupir à fendre l'âme ; se morfondait à l'avance de devoir passer ne serait-ce qu'une minute de plus avec la fille à Chalifoux.

Marjorie regarda elle aussi la fille, bouffante de beauté, qui tournait le coin de la rue Guigues, disparaissant pour toujours avec sa robe enchanteresse, un appât de première classe pour tous les Aldonis de la Terre. Il en bavait de désir, se dit-elle. Elle passa les mains sur le tissu rugueux de sa petite jupe grise – sa jupe du dimanche – et décida de sacrer son avenir à la poubelle. Elle n'en pouvait plus, d'Aldonis ; se mit à marcher ; pas mal vite.

— Tu vas où ? demanda-t-il.

— Droit devant, répondit Marjorie.

— Je viens avec toi.

— Tu n'es pas obligé.

— Je ne peux pas laisser une fille toute seule dans les rues.

— Je marche où je veux, quand je veux, et avec qui je veux.

— Bon. Je m'en viens avec toi.

Ils continuèrent en silence. Marjorie accélérait le pas pour se distancer d'Aldonis, sans pourtant y réussir tout à fait.

— Tu marches vite, finit-il par lui dire, essoufflé.

— J'aime ça, répondit-elle.

— Je vais te ramener chez toi.

— Vas-y. Moi, je continue.

Elle continua donc, à toute allure, Aldonis à ses trousses ou à ses côtés. Un petit vent sympathique aurait pu faire gonfler sa jupe, si la coupe n'avait pas été si rudimentaire ; pas du tout comme dans les vitrines. Et le tissu ! Pratiquement du tissu de sac de farine à l'ancienne. Et la couleur ! Même le vent n'aurait pas voulu s'infiltrer dans un gris si terne, si complètement dépourvu de désir, de joie, de jeunesse ; un gris de fin du monde.

— Mais tu vas où ?

— Droit devant. Je te l'ai déjà dit.

Ils passèrent quelques maisons, deux-trois voitures pétaradèrent ; puis il y eut l'odeur de l'herbe et le chaud murmure de la rivière des Outaouais.

— Puis, tu vas continuer à être muette ?

Marjorie s'arrêta, surprise.

— C'est toi qui es muet.

— Parce que tu es en deuil.

— Quoi ?

— Je te respecte. Je sais ce que c'est, quand quelqu'un meurt. Il faut respecter ça.

La rivière glouglouta comme pour chanter son plaisir. Ça promettait.

À la lumière du jour, c'était un bel endroit, que Marjorie connaissait pour s'y être souvent promenée – elle y avait fait l'amour, aussi. Mais elle se sentit complètement perdue ; fouilla dans le noir ; n'y trouva que son désespoir ; s'appuya contre un arbre.

— Comment tu sais que... ?

— Pour ton amoureux ? Je travaille pour un journal. Tout le monde est au courant des nouvelles, même les apprentis. Je ne me souviens pas du nom de ton gars – Aurélien ? En tout cas, même si je n'avais pas lu la nouvelle dans le journal, un gars avec une Chevrolet bleue qui tourne autour du quartier, ça se remarque. J'imagine que ton père est au courant ? On dit qu'il sait tout.

Marjorie prononça un petit non à peine audible.

Accotée contre un arbre, elle entendit battre son cœur, qui s'arrêta, anéanti par le souvenir de Lucien.

— Je ne voulais pas te faire de peine, reprit Aldonis après avoir longuement réfléchi. Si tu croyais que c'était un secret...

Il avait une drôle de façon de parler, en traînant sur certaines voyelles ; presque un bégaiement. Mais non, se dit Marjorie, c'était l'émotion. Dans la pénombre qui s'installait, elle essaya de le dévisager ; ne rencontra que les ténèbres.

Elle se souvint d'avoir pensé plus tôt, en le regardant grignoter ses patates – pensée furtive, vraiment rapide –, que ça se pouvait très bien qu'il soit cave – c'était presque une certitude –, mais que dans la torpeur de son regard, il y avait une brume attirante ; lèvres roses comme le printemps ; appétissantes ; et qu'il aurait dû s'en servir pour lui parler.

— Ton père, poursuivit Aldonis en changeant de sujet, il me gèle sur place. Il pense que je suis cave, mais je suis cave avec lui parce qu'il le pense. On me l'a dit, au journal, que j'avais du potentiel. Et puis, ce n'est pas vrai que le monde entier est stupide, à part lui. La vérité, c'est que, des fois, tout le monde agit comme un imbécile. Même à ton père, ça doit lui arriver.

— Je devrais rentrer, répondit Marjorie.

Elle se sentit couler au pied de l'arbre. Aldonis la rattrapa par le bras, mais il perdit l'équilibre ; tomba avec elle; la prit dans ses bras. Elle se raidit, le repoussa un peu, puis changea d'avis et posa sa tête contre sa poitrine. Son cœur avait pourtant recommencé à battre, oh, vraiment très légèrement, un boum boum famélique, mais elle cessa tout à fait de respirer, et lui aussi. Restèrent l'un contre l'autre, n'osant pas bouger de peur de devoir se séparer.

Marjorie tâcha de se souvenir de ce qu'elle connaissait de lui: c'était le fils de madame Gauthier, madame Gauthier qui avait tant parlé de sa si belle nuit de noces, Gisèle Gauthier et son bestiaire, Gisèle et son Georges qui lui faisait l'amour en suant comme une bête, les draps en lambeaux, les grandes mains d'homme de son Georges sur ses seins. Et leur fils, Aldonis, timide et un peu cave.

Pour l'heure, le timide faisait preuve de témérité. Sa forte main – les mains de son père – vint frôler le cou de Marjorie, déboutonna le premier bouton, se glissa sous la chemise brune, sous le soutien-gorge et resta là, sans mouvement. La main de Marjorie trouva à son tour le chemin qu'il fallait pour parvenir à l'homme, à sa poitrine. Une étrange poitrine, pas du tout comme celle de Lucien, lisse et toute douce; celle-ci était très poilue; un vrai coureur des bois.

— On est tous les deux en deuil, dit-il. Tant qu'à faire, autant faire passer la douleur avec un peu de douceur.

Marjorie se sentait mieux avec cette main chaude sur son sein ; se laissa aller un peu plus ; se disant qu'elle avait envie de croquer dans ce beau corps d'homme. Elle était en colère, tout à l'heure, quand elle mangeait ses patates, mais elle l'avait tout de même admiré, discrètement – les beaux gars n'ont pas besoin du regard des filles laides, ils ont déjà assez d'agrément avec leur beau corps et leur belle face. Et soudain, elle sentit, en pleine poitrine, un déchirement intense, une douleur qui la coupa par le milieu et la fit plier en deux.

— Qu'est-ce que j'ai fait ? demanda Aldonis, qui n'avait rien fait de plus que de se serrer contre une fille consentante.

— Rien, répondit-elle avec difficulté.

Il bondit sur ses jambes, se pencha vers elle et trouva ses mains, qu'il serra très fort en les soulevant vers lui. Marjorie essaya de se lever, mais ses jambes s'étaient raidies et refusèrent d'obéir. Tenta de parler, mais sa gorge s'était refermée.

— Es-tu en train de mourir ? demanda Aldonis.

— Ça fait mal, parvint-elle enfin à articuler. Ça fait vraiment mal.

— Je t'emmène à l'hôpital, rétorqua-t-il. Mon père est mort l'autre nuit. Je ne voudrais pas que ça t'arrive à toi aussi.

Il lui tenait toujours les mains et voulut la forcer à se lever.

— Viens !

Mais Marjorie résistait de toutes ses forces. Aldonis finit par s'asseoir à côté d'elle ; la regarda attentivement dans la noirceur sans pour autant la voir. Déclara :

— Pas besoin d'aller à l'hôpital. C'est le deuil.

— Comment tu le sais ? parvint-elle à dire.

— Ça se voit.

— On ne voit rien.

— Correct, correct. Je n'ai pas besoin de voir pour savoir.

Il avait parlé plus lentement qu'il ne l'avait voulu, comme si sa pensée refusait de se rendre à ses lèvres. Il ne voulait pas y songer, à la mort. Pas tout de suite, alors qu'il venait juste de tâter les seins d'une fille.

— Je le sais, que ça fait mal, dit-il enfin.

— Oui, répondit Marjorie.

— Pourquoi tu ne pleures pas ?

— Je ne peux pas, articula-t-elle avec difficulté.

— Bien, moi non plus, répondit-il.

— J'ai pleuré hier.

Tant qu'on ne connaît pas une douleur terrible, on ne peut pas s'imaginer le nombre de larmes qu'on peut verser. Pour certains, le réservoir est toujours plein, et ils ont accès à des gallons d'eau tant qu'ils veulent, la mort d'un être cher peut les renflouer et leur donner des heures de sanglots – rien pour vider les réserves. D'autres ne naissent qu'avec quelques gouttes. Même après une grosse tragédie, ils s'en servent avec parcimonie, comme l'avare se sépare avec peine de ses cennes noires.

— Oui, reprit Aldonis. Il me semble que j'aimerais ça, pleurer.

— Fais-le donc, dit Marjorie.

— Je suis comme toi, dit-il doucement. Pas capable.

— On a l'air fin, tous les deux. Deux beaux cornichons.

Si Aldonis avait été comme Lucien, il aurait ri ; l'aurait traitée de tous les noms. Ils se seraient tapochés, puis elle aurait fini par lui lancer un coup de poing dans le ventre. Il l'aurait prise à bras-le-corps, l'aurait serrée si fort qu'elle aurait crié « Tu m'étouffes ! » ; l'aurait relâchée et aurait ri de plus belle. Mais la seule chose qu'Aldonis savait faire aussi bien que Lucien, c'était la serrer contre lui.

— Je ne voulais pas sortir avec toi, reprit Marjorie. Je ne suis pas certaine de vouloir faire l'amour avec toi, ce soir.

Aldonis en frémit de saisissement.

⋮

Il arrive parfois que les mères aient raison. Il se peut, en effet, qu'elles aient une connaissance que leurs rejetons ne peuvent avoir ; parce qu'elles ont vécu plus longtemps que leur marmaille ; en ont peut-être fait des vertes et des pas mûres. Certainement, elles ont à cœur l'avenir de leurs enfants et font tout pour leur bonheur et le succès de leur avenir immédiat et à long terme.

Il se peut donc que leurs ordres ne soient pas totalement saugrenus.

C'était exactement ce qu'Aldonis était en train de se dire. Madame Gauthier, qui tenait Chalifoux en haute estime, avait tout de suite accepté lorsque ce dernier lui avait suggéré un rapprochement entre leurs enfants. Au départ, Aldonis avait rechigné : il le savait, que Marjorie était une indépendante, une fille rebelle qui crachait sur l'opinion des autres... Mais maintenant, il était d'accord avec sa mère. Si cette fille voulait coucher avec lui – vive l'indépendance des filles ! qu'elles marchent dans la nuit ! – ça ne le dérangeait pas ; pas pantoute.

Sentant que Marjorie hésitait, il chercha les arguments en béton qui lui auraient assuré une bonne pénétration bien solide. Ça se brouillait un peu, dans sa tête.

— Bien moi, si tu veux faire l'amour, je ne suis pas contre, dit-il. Mais tu n'es pas obligée, ajouta-t-il d'une voix prudente.

— Bien oui, je suis obligée, dit-elle.

— Si vraiment tu veux... Moi, ça ne me dérange pas.

— Je vais te dire la vérité. Mon père veut que tu couches avec moi ce soir, comme ça tu me maries la semaine prochaine.

Autant être honnête avec l'homme qui allait la traîner vers l'autel, où devant Dieu, père Chalifoux, mère Gauthier et quartier au grand complet, elle allait donner son doigt ; puis son âme.

— Mais, réussit à articuler Aldonis... On ne se connaît même pas !

Marjorie songea qu'elle ne l'aimait pas particulièrement, malgré ses lèvres printanières. Elle répéta donc qu'il allait devoir l'épouser s'il couchait avec elle.

— Mais je ne veux pas te marier ! s'écria Aldonis.

— C'est parce que je suis enceinte de Lucien, dit Marjorie sombrement. Si tu me fais l'amour, le contrat est signé. Mon père dira à ta mère que c'est ton enfant. Je te jure qu'ils vont nous garrocher devant le curé avant que les feuilles changent de couleur.

— Les feuilles ont déjà commencé à changer de couleur, rétorqua Aldonis d'un ton inquiet.

Pour un futur journaliste, il comprenait mal la tournure des événements.

— C'est ça que je te dis, répondit Marjorie. Si tu

me fais l'amour ce soir, on est mariés samedi prochain.

— Ah, finit par articuler Aldonis.

Dans ce ah, il y avait des pouces et des pieds et des milles de non-dit : l'angoisse de savoir que les parents travaillaient dans l'ombre pour forcer la jeunesse à devenir adulte ; la jubilation d'avoir touché les seins d'une fille et d'avoir gardé la main dessus pendant plus de trois secondes ; la consternation de devoir épouser une fille alors que coucher avec elle serait bien suffisant ; et la perspective de devoir passer sa vie si remplie de promesses à élever un bâtard.

À force d'avoir écouté les morts parler par la bouche de son père et les vivants égrener leur chapelet de malchance, Marjorie comprenait le silence autant que les mots ; voulut qu'il y ait progrès et avancement dans leur relation.

— Bon, dit Marjorie. C'est oui, ou c'est non ? Qu'est-ce que tu décides ?

C'était non une seconde et oui tout de suite après ; se débattait farouchement contre l'appel de la chair, le bel Aldonis ; ne le savait pas encore, mais allait perdre.

— Je pense que c'est l'heure de te ramener chez toi, finit-il par articuler, lamentable.

Soupira à vous transpercer le cœur ; venait de dire non aux seins d'une fille et à l'ensemble de son corps, pourtant prometteur d'après ce qu'il avait pu tâter et observer.

— D'accord, répondit-elle en soupirant à son tour. Les hommes qui veulent coucher avec les filles, il y en a à la pelle.

— Bon, bien, vas-y alors. Va coucher avec n'importe qui.

Aldonis était vexé, et si on peut être certain d'une chose, c'est ceci : quand l'amour-propre est atteint, l'amour tout court prend ses distances.

— De toute façon, dit-il froidement, je suis déjà amoureux.

— De qui ?

— D'une fille.

— Quelle fille ?

— Si je te dis son nom, tu vas savoir de qui je parle.

— Inventes-en un, de nom.

— Un nom, ça ne s'invente pas. Puis elle en a déjà un, de nom.

— Tantôt, quand tu me caressais les seins, tu pensais à elle ?

Aldonis se tut. Il aurait pu lui relancer la balle – et toi, tu pensais à Lucien ? –, mais il n'était pas méchant.

— Tu as déjà couché avec elle ? reprit Marjorie.

— Non.

— Même pas un peu ?

— Pantoute !

— Puis tu voulais coucher avec moi tantôt !

Ça l'agaçait, d'avoir une rivale. Aldonis était bien gentil, bien aimable, bien beau, mais comme elle le connaissait à peine, il lui semblait douloureux de devoir se battre pour lui.

— Je vais lui donner un nom, moi, à ta fiancée. Madeleine.

— Pourquoi ?

— Parce que comment tu veux qu'on parle de ta Madeleine si elle n'a pas de nom ? Tu connais Jean-Guy Deslauriers, du magasin Deslauriers, le gars roux avec les dents croches ?

— Oui.

— Il connaissait une Madeleine de Montréal, une vieille guidoune qui lui a appris la seule bonne chose.

— Quelle chose ?

— En amour, les filles sont toujours en premier. Bon. On va dire que ta fiancée s'appelle Madeleine. Où tu l'as rencontrée ?

— Elle est secrétaire.

Marjorie en eut le souffle coupé.

— C'est une Anglaise, alors. Elle a de l'éducation !

— Je ne veux plus rien te dire. De toute façon, tu as ta huitième année, toi aussi.

— C'est la fille de qui ?

— Laisse tomber. Finalement, pour une fille qui ne parle pas, tu es pas mal bavarde.

— Qui te dit que je ne parle pas ?

— Tout le monde. Ma mère.

— C'est vrai.

Elle sentit une vague de découragement lui tomber dessus. Elle connaissait sa réputation dans le quartier : une folle qui marche, qui ne sait pas dire deux mots l'un après l'autre. Et à l'instant même, tout ce qui était mauvais en elle selon le regard des autres se mit à concorder tout à fait avec ce qu'elle pensait d'elle-même. Et dire qu'un gars comme Lucien lui avait accordé l'honneur de la renverser sur l'herbe...

— Je ne le sais même pas, si je suis amoureux, dit Aldonis. Il me semble que je l'aime de loin, mais que si j'allais vers elle, peut-être que je l'aimerais moins. Puis, il faudrait qu'elle me dise si elle m'aime. Je ne lui ai jamais parlé.

— Parle-lui, d'abord.

— Je n'ose pas. Je suis timide.

— Bullshit.

— Non, c'est vrai.

Puis, d'un air de ravissement :

— Elle porte du rouge à lèvres !

— C'est une guidoune, alors, dit froidement Marjorie.

— Non, non, dit Aldonis sans relever l'insulte.

— Elle a peut-être déjà un amoureux. Elle est peut-être en train de l'embrasser avec son rouge à lèvres.

Aldonis prit le bras de Marjorie et se mit à le caresser. Elle lui caressa le bras en retour. Pas moyen de résister à la proximité d'un jeune corps en santé.

— Si on fait l'amour ce soir, tu viens de la perdre pour le restant de tes jours, lui dit-elle très doucement.

— Ah, tu veux faire l'amour avec moi ?

— Ça se peut...

— Mais toi... Veux-tu ? Je veux dire – avec moi ?

— Pas vraiment, parce que je suis en deuil. Mais un peu, parce que finalement, tu es moins pire que je croyais, Aldonis Gauthier.

Aldonis se serra les cuisses. C'est fou ce que la voix d'une fille qui dit oui peut faire pour la virilité d'un homme. Aldonis se rapprocha de Marjorie ; tâtonna pour retrouver ce sein qui lui faisait tant d'effet ; y plaça sa bouche. Marjorie, les yeux grands ouverts, tenta de s'imaginer dans la maison d'Aldonis – elle s'appellerait Marjorie Gauthier, dans sa maison vivraient l'orignal et les puces de lit ; et les draps se déchireraient de plaisir. Aldonis releva la tête :

— Je te ramène ?

— Oui, répondit Marjorie en lui remettant la tête sur son sein.

Coudon, si le destin vous force à faire l'amour avec n'importe qui, pourquoi résister, du moment que l'on se sent bien ? Aldonis glissa sa main entre les jambes de Marjorie. Il demanda :

— Si je fais ça, est-ce que ça compte ?

— Non, répondit Marjorie en respirant plus fort, ça compte pour rien.

La main d'Aldonis se fit plus lourde et fouilla longuement dans les bobettes de Marjorie.

— Continue, lui dit-elle, ça ne compte pas.

Aldonis continua.

— Continue, mais moins fort. À gauche.

Aldonis continua à gauche.

— Ça compte de moins en moins, dit Marjorie.

Aldonis se mit à rire et se serra un peu plus contre Marjorie. Ses doigts continuaient à la caresser, moins fort et plus à gauche. En même temps, il mit son sexe contre la cuisse dure et musclée de Marjorie. Ses hanches ondulèrent et le temps disparut. Il y avait l'odeur de l'herbe chaude pour lui chatouiller les narines et le cou de Marjorie où il finit par blottir sa tête ; il voulut s'arrêter, mais Marjorie lui dit non, qu'il fallait continuer. Enfin, ils purent jouir – Marjorie quelques secondes avant lui – sous les étoiles. Le ciel clément leur chuchotait avec tendresse qu'il fallait lui faire confiance ; que la joie allait toujours prévaloir ; et que partout, tout le temps, la nature et la vie étaient prêtes à chanter leur bonheur.

Ils se relevèrent en même temps. Elle ne pensait plus du tout à Lucien, et Aldonis rêvait au mariage.

— Ça ne serait pas si pire que ça, dit-il doucement. Toi et moi.

Les lumières de la rue Dalhousie les ramenèrent à la réalité. Pourtant, Aldonis répéta :

— Toi et moi.

Marjorie n'en était pas si sûre. Et puis, quand on vient de jouir, tout est beau. Il faut attendre le lendemain matin pour savoir si le rêve de la veille a réellement les couleurs chatoyantes que l'on avait cru voir dans le noir. Ils marchèrent côte à côte, aussi beaux que des enfants de chœur en procession.

— Et Madeleine ?

— Je te dis que je ne lui ai jamais parlé.

— Parle-lui demain.

— C'est dimanche, personne ne travaille !

— Lundi, alors. Comme ça, tu pourras savoir si tu l'aimes vraiment. Il faudrait que tu le saches très vite, Aldonis.

— On se voit demain soir ? demanda-t-il.

— Un dimanche ?

— Oui. Ce qu'on a fait – ça ne compte pas, tu es certaine ?

— Oui. Ne dis rien à ta mère. Moi, je dirai à mon père que tu es trop timide.

Elle sourit.

— Finalement, tu n'es pas timide, Aldonis Gauthier. Pas timide pantoute.

Elle arriva chez elle avant son père ; vite, au lit avant qu'il vienne lui crier après ; vite, dormir, pour revoir des images qui lui feraient du bien. Des mots, des sons.

Dimanche
- Rien à dire -

Le lendemain, lorsque Marjorie ouvrit le premier œil, elle entraperçut le visage de Dad ; referma l'œil. Un père en colère au pied d'un lit, maudite façon de commencer la journée.

— As-tu couché avec lui ? demanda Chalifoux.

— Non, dit-elle.

Chalifoux explosa.

— Comment ça, non ? Pourquoi ?

— Il est trop poli, tenta Marjorie.

— Quel rapport entre la politesse et ton cul ?

— Il est gentil, essaya de nouveau Marjorie.

— Encore une fois, c'est quoi, le rapport ? cria Chalifoux.

Marjorie repoussa le drap et sortit du lit.

— Reste ici, que je te parle ! hurla Chalifoux.

Puis il se tut ; se dit qu'il ne voulait pas savoir

comment la soirée de sa fille s'était déroulée ; ce qu'elle avait fait pour repousser un gars jeune et, a priori, consentant.

— Je le revois ce soir, avança Marjorie.

Chalifoux se calma. Le gars n'avait pas été complètement rebuté par Marjorie. Il y avait encore de l'espoir.

— C'est dimanche, dit Chalifoux. Sa mère ne voudra pas.

— Je le verrai en cachette.

— Il va falloir que je sorte deux soirs de suite, dit Chalifoux.

Le ton recommençait à monter.

— Je m'excuse, répondit Marjorie.

Chalifoux changea de sujet, le ton toujours agressif.

— Et tes patrons ? Tu ne m'as rien dit. Comment ça se fait que tu n'as pas travaillé hier ?

— Je n'ai pas encore rencontré le mari.

— Qu'est-ce que tu fais là-bas ?

— De la couture.

— Quand est-ce qu'on te paye ?

— Je n'ai pas demandé.

— Tu t'en vas ailleurs pour être payée et tu ne demandes pas ta première paye ? demanda Chalifoux d'un ton outragé. Es-tu folle ?

— Je rencontre le mari demain. C'est peut-être lui qui va me payer.

94

— D'habitude, il faut travailler avant d'avoir sa première paye, dit Chalifoux en se radoucissant. J'ai hâte d'avoir ta part du loyer. Les choses vont changer, ici.

Satisfait, il sortit de la pièce. Marjorie l'entendit chercher sa tasse à café, sa petite cuiller, le pot de Sanka.

— J'ai mis deux cuillerées de café dans ma tasse, cria Chalifoux. Ça m'en prend du pas mal noir pour aller niaiser tantôt à la noirceur.

— Je m'excuse, murmura Marjorie.

Elle ne s'excusait pas du tout ; mais les mots servent autant à dissimuler qu'à dire. Et puis elle était contente d'avoir riposté à Dad. D'habitude, elle s'excusait de vivre ; d'avoir osé vivre. Oui, elle aurait dû avoir la politesse de mourir avec sa mère. Elle le savait bien, qu'elle avait toujours été de trop, mais à qui la faute ? Son père aussi aurait dû réfléchir avant d'écarter les jambes de sa mère, se dit-elle tristement. Ses parents auraient dû faire l'amour de la même manière qu'Aldonis et elle, en se frottant, en se caressant, allongés tout près de la chair de l'autre sans pourtant s'unir tout à fait.

À ce souvenir, le visage de Marjorie s'éclaira. Elle allait revoir Aldonis ce soir.

Interlude
– Le plan de Mrs Virginia –

Chaque année, le père de Howard envoyait à Mrs Virginia, directement d'Angleterre, un bijou, un chèque, et une carte sur laquelle il était écrit : « Mes excuses éternelles de t'avoir abandonnée. Prends bien soin du petit Howard. » Peu rancunière, elle plaçait le chèque à la banque, puis envoyait une carte de remerciement sur laquelle elle écrivait, invariablement : « Mon cher Edward, merci infiniment. Howard et moi-même nous portons très bien. »

Elle n'avait jamais aimé son petit Britannique rondouillard. Ses parents l'avaient rencontré lors d'une soirée organisée par le Canadian Club of Toronto. Il était en voyage d'agrément au Canada ; cherchait une femme ; trouvait que ses compatriotes avaient un air supérieur qui ne lui revenait pas. Virginia lui avait été présentée le lendemain. Elle lui avait dit, sans rire :

— Il est vrai que les Britanniques ont un air supérieur. Par contre, moi, je suis réellement supérieure.

Elle l'était à bien des points de vue, sauf évidemment au niveau de l'humilité, qualité dont elle n'aurait su que faire. Edward, charmé – ou du moins, il avait semblé charmé –, l'avait épousée en un tournemain. Peu après le mariage, il avait déclaré que l'air de Toronto ne lui réussissait pas. Ils déménagèrent à Ottawa, où ils ouvrirent la boutique au premier étage d'une grosse maison victorienne ; installèrent un petit chez-eux très cosy au deuxième étage. Edward s'occupa un peu des affaires, puis plus du tout. Il partait très souvent, disant qu'il allait découvrir le Canada ; ramenait des chapeaux, des tissus, des catalogues, des robes pour sa femme, des jouets pour son fils. Un jour, il ramena aussi une odeur de parfum peu fleurie, suspecte, musclée. Il déclara à Virginia :

— Je n'aime ni le Canada ni les femmes. Adieu.

Virginia le complimenta sur sa décision. Pendant les absences de son mari, elle avait pris goût à l'indépendance et trouvait qu'elle réussissait très bien sa vie à deux, seule avec son petit Howard. Edward serra la main à son fils, qui venait d'avoir quatre ans, puis il courut à toutes jambes vers la terre de ses masculins aïeux, riche en gaillards semblables à lui et au comportement plus correct que celui des rudes Canadiens.

Virginia éleva donc Howard; lui fit aimer la lecture; les longues conversations; l'observation de soi-même et des autres. Vers l'âge de quinze ans, Howard tomba amoureux fou d'une Nancy brillante, au menton pointu et résolu. Il ne fut pas le seul – hélas –, Nancy était la coqueluche de toute l'école. Il ne l'en aimait pas moins; de loin, en souffrait.

Jusqu'au jour où Howard déclara sa flamme à la féérique Nancy.

Elle le regarda de ses grands yeux pleins de vie et d'intelligence, des yeux comme il en existe peu, ou comme il n'en existe pas – des phares dans la nuit! Puis avec ces yeux-là et sa bouche remarquablement magnifique, elle lui dit qu'elle était bien trop jeune pour l'amour, qu'elle n'aimait que Dieu et qu'elle voulait aller travailler comme missionnaire dans un pays asiatique. Ce qu'elle fit, peu après avoir terminé ses études secondaires, refusant les plus beaux partis pour se lancer corps et âme dans l'amour du prochain. Des lépreux, pour la plupart.

Howard, le cœur brisé, se dit à son tour qu'il n'aimerait jamais personne en particulier. Son âme sœur pourrait parcourir les rizières jaunâtres des pays sous-développés tant qu'elle le voudrait, il ne l'oublierait pas et consacrerait sa vie à tenter de ne pas se suicider. Sa mère lui fit rencontrer toutes les Harriet, Juliet, et autres Berthilda de la paroisse, rien n'y fit.

Emmuré dans sa décision obstinée – les yeux si miro-
bolants de Nancy ! son intelligence à fleur de peau !
ses fines réflexions ! son visage resplendissant de
beauté céleste ! –, il regardait à peine les poulettes
proposées par sa mère ; puis levait le nez. On disait
qu'il était aussi snob que sa mère, qu'il se prenait
pour le roi d'Angleterre. C'était vrai. Il le savait. Ne
s'en souciait guère.

Il avait presque trente ans, et Mrs Virginia continuait à aimer Howard, mais moins. En tout cas, pas
autant que lorsqu'il lui passait les bras autour du cou
et qu'il lui racontait sa journée de petit garçon tout
mignon. Il avait un début de rides, maintenant ; était
grassouillet comme son père ; le cheveu fin et les
doigts boudinés. Par contre, il était très poli, d'une
politesse toute britannique, ce qui les servait bien
tous les deux quand Howard voyait que sa mère
désapprouvait ses moindres faits et gestes.

— Il faudrait penser à te marier, disait-elle d'un
ton léger.

— Justement, j'y pensais moi-même, répondait-il,
un soupçon d'ironie dans la voix.

— Il n'est jamais trop tard pour bien faire, pour-
suivait Mrs Virginia, l'air de rien.

— C'est exactement ce que j'étais en train de me
dire.

Puis ils se souriaient, et il fonçait dans sa bibliothèque, au fond de l'arrière-boutique. Tasse de thé à la main.

Là-dessus, Marjorie Chalifoux venait de débarquer chez eux. Mrs Virginia avait tout de suite compris que Marjorie était : francophone peu éduquée ; habituée au dur labeur ; à une vie de sueur et de résignation. Le métier de son père l'avait quelque peu étonnée, mais elle acceptait que le monde soit fait d'individus louches rôdant autour des éplorés. Cet homme devait être un profiteur, mais il avait élevé seul sa fille, sans argent et sans recours, ce qui en soi était admirable.

Oui, la francophone était intéressante. Elle n'avait pas de religion, du moins aucune religion identifiable, mais elle avait quelque chose de plus, et peut-être de mieux : un questionnement profond et sincère, un lien évident avec l'intangible. Et elle était si originale ! L'originalité légendaire des Britanniques dans un corps francophone – voilà qui était tout à fait intrigant. Marjorie n'était certes pas courtoise ni gracieuse, mais cela pourrait s'apprendre – une jeune comme elle, ça se façonne, ça se moule – afin qu'il y ait un équilibre parfait d'originalité et de convenances. Elle lui ferait lire les saintes Écritures ; l'emmènerait à la messe ; en ferait une bru acceptable qui saurait la débarrasser de la honte d'avoir élevé un vieux garçon. Si différente des Juliet et des Harriet ! Si rebelle et spirituelle ! Elle ne ferait qu'une bouchée de son pauvre Howard ; élèverait son bâtard en toute légitimité ; lui serait éternellement reconnaissante ; lui donnerait son âme et sa vie.

Tout l'après-midi, elle continua de planifier l'avenir de son fils, qui revenait le soir même de Toronto. Lorsqu'il la salua, il remarqua l'éclair de malice qui brillait au fond de ses yeux.

— Il semble que la rencontre avec le comité de St. Lukes se soit bien déroulée, dit-il gentiment.

— Je n'y suis pas allée. Nous avons une nouvelle employée. Une jeune francophone.

— Une francophone ? Est-ce souhaitable pour la clientèle ?

— Elle parle anglais. Et j'ajouterais qu'elle ne le parle pas trop mal. Étonnant, pour une ouvrière de la Basse-Ville.

— Sait-elle coudre, au moins ?

— Très bien. Elle est lente, mais je ne suis pas pressée.

— Et le ménage ?

— Je te l'ai dit, c'est une ouvrière. Tu pourras lui demander tout ce que tu voudras, ajouta-t-elle en souriant.

— Je suis fourbu, dit-il en souriant à son tour, sans saisir ce que sa mère avait voulu insinuer.

— Tu ne manges pas ?

— J'ai déjà mangé dans le train. Je vais me coucher.

— À demain, lui dit-elle.

Restée seule, Mrs Virginia se plongea dans son fauteuil et se mit à prier. Howard méritait d'être heureux.

Lundi
- Howard -

Marjorie avait passé son dimanche soir avec Aldonis, à faire des choses qui ne comptaient pas, dans une douce folie de lèvres, de doigts, de mouvements de deux langues presque amoureuses et de caresses à n'en plus finir, ventre contre ventre. Ils étaient retournés au même endroit que la veille, près du même arbre, et lorsqu'ils avaient repris leur souffle, ils s'étaient raconté des choses qui comptent, avec tendresse.

Elle avait encore menti à son père : « Il est vraiment timide ». De nouveau, Chalifoux avait été enragé par l'incompétence amoureuse de sa fille.

— Ce soir, tu lui fais son affaire !

— Ce soir, il va chez sa tante.

— Qu'est-ce qu'il va faire chez elle ?

— C'est la sœur de son père.

— Bon, ils vont pleurer ensemble. Mardi !

— Mardi, il ne peut pas, il a promis à son oncle de l'aider à abattre un arbre dans sa cour.

— C'est un bûcheron, ton Aldonis ?

— Non.

Inutile de répondre. Aldonis et Marjorie s'étaient entendus pour se revoir mercredi, afin de ne pas brusquer les choses plus qu'il ne fallait. Une semaine, ce n'était déjà pas beaucoup pour décider du reste de ses jours... Et Aldonis songeait à sa Madeleine aux lèvres rouges ; voulait comparer l'amour qu'il ressentait pour une inconnue au désir qui commençait à le tenailler pour Marjorie.

⋮

— Vous êtes à l'heure, dit Mrs Virginia en accueillant Marjorie. C'est bien.

— Oui, répondit Marjorie.

Secouant le souvenir de la bouche et des doigts d'Aldonis, elle demanda :

— Je fais quoi ?

— Vous venez me parler, répondit Mrs Virginia en mettant l'affiche « Closed » dans la porte.

Vraiment, se dit Marjorie... Avait-on déjà vu quelqu'un apprécier la conversation d'une employée à ce point-là ? Si elle croyait qu'elle allait recommencer à lui débiter toute sa vie... Elle se revit en larmes devant sa patronne ; avait été bien ignorante de se confier sans retenue ; ne le ferait plus jamais de sa vie. Demanda :

— Vous ne voulez pas que je fasse le ménage ?

— Pourquoi ? demanda Mrs Virginia, une lueur moqueuse dans les yeux. Vous trouvez que c'est nécessaire ?

L'arrière-boutique était comme lorsqu'elle était partie, pas plus propre ni mieux rangée. Marjorie se posa le derrière sur le fauteuil ; pesta contre le cuir qui colle aux cuisses en été ; s'enferma dans un bon gros mutisme bien têtu. Les bras croisés pour se donner contenance.

— Vous parlez moins que la dernière fois. Est-ce le *Book of Common Prayer* qui vous a mise dans cet état de contemplation ?

« Si tu penses que je me souviens de ton maudit livre », se dit Marjorie.

— Non, parvint-elle à dire, en faisant des efforts surhumains pour ne pas lui dire de vraies méchancetés.

— Vous l'avez lu ?

— Peut-être.

— Qu'en avez-vous retenu ?

— Rien.

— Vraiment ? Pas un seul mot ?

— À l'école, je haïssais ça, la lecture. Puis le caté-chisme aussi.

— Qu'avez-vous pensé du livre ? demanda Mrs Virginia avec insistance.

— Vous m'avez demandé de le lire. Je ne savais pas que je devais aussi penser.

— Bon, dit Mrs Virginia en s'impatientant, qu'avez-vous ressenti ?

— J'ai pleuré, répondit Marjorie, plus baveuse qu'elle ne l'avait jamais été avec un adulte.

— Toutes les larmes lavent le péché, répondit Mrs Virginia en pinçant les lèvres.

— Il va falloir que je me mette à brailler pas mal fort pour laver mon péché de grossesse.

Marjorie – stupéfaite par sa propre insolence ! – eut aussitôt très honte d'elle-même ; détourna pourtant le regard avec importance.

« Bien, se dit Mrs Virginia, cela sera plus difficile que je ne le croyais. »

Une jeune Anglaise n'aurait jamais osé lever le ton à ce point ; n'aurait pas eu l'audace de cette petite francophone enceinte. Cela lui plut immédiatement, et irrévocablement. Elle gardait en tête la Marjorie du vendredi, si pleine de finesse, d'émotion, de volonté. Cette francophone impertinente l'intriguait de plus en plus.

— L'avez-vous rapporté ?

— Quoi ?

— Le livre. L'avez-vous avec vous ?

— Non, répondit Marjorie.

— Tant mieux. Je vous le donne. Gardez-le chez vous. Il pourra vous guider lorsque vous en sentirez le besoin.

Marjorie perdit toute sa superbe. La gentillesse de Mrs Virginia, son intelligence, sa compréhension... Ah, c'était trop ! Dans un élan de gratitude, elle voulut donner à Mrs Virginia la satisfaction de ne pas avoir perdu son temps avec elle. Le mot « joie » lui vint à l'esprit ; elle le chassa.

— Je l'ai lu un peu...

— Tant mieux. De quoi vous souvenez-vous ?

— De...

Elle chercha désespérément un autre mot. N'en trouvant pas, elle articula, lentement, avec résignation, en exagérant son accent francophone :

— Joie.

— Joie ? demanda Mrs Virginia en corrigeant l'accent, le ton ; ajoutant la révérence qu'il fallait donner à ce mot divin.

— C'est dans le livre.

— C'est tout ?

— Oui.

Marjorie se tassa sur son fauteuil. Mrs Virginia jubilait. Cette francophone comprenait tout, et mieux que la plupart des gens. De tous les choix possibles, sur des centaines de mots, elle avait choisi celui qui éclairait la vie, qui permettait d'espérer pour la condition humaine. Elle aurait voulu la serrer contre elle, la remercier d'être ce qu'elle était. Avec toute sa mauvaise humeur, sa colère contre son père, elle respirait de santé spirituelle.

Mrs Virginia avait trouvé sa bru.

⋮

À l'église, on disait « Master Howard » quand on avait envie de faire rire, en exagérant l'accent pseudo-britannique de Mrs Virginia, son ton de dérision, sa prétention. Cette Mrs Virginia... Elle avait la tête dans les hauteurs, disait-on ; croyait que la Terre était son fief, l'église son château, les paroissiens ses valets. Et son fils comme un soleil pour elle – bien qu'il n'eût l'air que d'un citadin ordinaire, comme tous les autres Bruce, Jack ou Jim – en privé, l'astre du jour brillait moins fort, mais ça, personne n'était obligé de le savoir.

Pour l'heure, Master Howard était dans sa bibliothèque ; feuilletait quelques pages – journal ? bouquin ? dépliant promotionnel ? Tout lui semblait bon. Asphyxié de naissance par sa mère et par son propre intellectualisme, il ne savait respirer qu'avec une feuille d'imprimé entre les mains.

— C'est l'heure, lui dit Mrs Virginia.

— L'heure du thé ?

— Non. Viens rencontrer ton destin.

— Que dites-vous ?

— La francophone.

— Mais de quoi s'agit-il ?

— La nouvelle employée.

— Ah ! C'est bon, j'arrive.

Marjorie entendit une porte grincer et vit apparaître un homme assez petit, un peu gras, suivi de Mrs Virginia. Elle s'était épanouie en quelques secondes, la patronne. Avait-on idée de se réjouir à ce point de la présence de son mari ; franchement !

Howard jeta un regard sur l'employée – furtif, le regard – puis détourna ses yeux n'importe où, pourvu que ce fût ailleurs – sur un chapeau, sur le bout de ses souliers ; un peu le plafond. Marjorie le trouva étonnamment jeune pour être le mari de Mrs Virginia. Était-ce même permis d'avoir un mari de cet âge – une trentaine d'années –, alors que Mrs Virginia était si ratatinée ? Elle en avait vu de toutes sortes avec la clientèle de son père, mais elle n'avait encore jamais croisé un couple si mal assorti. Ça n'allait pas durer, se dit-elle. Un jour – bientôt ? –, son mari se sauverait ; irait à la chasse aux jeunes. Et bonjour la solitude.

— Dis quelque chose, gronda Mrs Virginia en direction de Howard.

— Bienvenue à Hats for Ladies, dit-il sagement.

— Merci, répondit Marjorie, toujours assise sur le gros fauteuil de cuir.

— Vous pourriez vous lever, fit remarquer Mrs Virginia. Vous feriez preuve d'une politesse rudimentaire.

— Excusez-moi, répondit Marjorie.

Elle se leva donc. Il y eut un bruit qui manquait résolument de distinction – encore ce cuir qui s'accroche à la chair d'été ! Howard lui tendit la main. Elle la serra gauchement.

— Vous êtes bien jeune, lui dit Howard, le regard plongé dans les fleurs du tapis.

Elle eut envie de répondre : « On voit que vous préférez les vieilles peaux. »

— Oui, dit-elle.

Il avait le visage rond, l'expression anglaise, les lèvres minces ; et avec ça une bienveillance orgueilleuse et une feinte bonhomie. De son côté, il faisait comme avec toutes les femmes – surtout, éviter le contact direct avec l'autre sexe ! Il venait d'apercevoir un motif particulièrement accrocheur dans le tapis, avec, au milieu, des fleurs d'un joli bleu ; se mit à compter les petites fleurs bleues du motif ; très joli aussi, le motif. Que sa mère avait du goût ! se dit-il. Quel bon choix de tapis !

Mrs Virginia le semonça :

— Eh bien, Howard, il faut dire quelque chose.

— Bienvenue, donc, reprit Howard, en mettant toute son énergie à ne pas porter attention à Marjorie.

— Oui, je sais, pas besoin de le répéter, dit Marjorie un peu sèchement.

Sa mauvaise humeur venait de reprendre le dessus. « Je ne vais pas l'endurer longtemps, celui-là », se dit-elle.

Mrs Virginia les trouvait très amusants. Elle avait la certitude qu'ils étaient faits l'un pour l'autre et que, sans le savoir, ils venaient de rencontrer le point d'ancrage de leur futur foyer. Qu'importait le bâtard que sa bru portait en elle, puisque Marjorie était porteuse d'espoir ? Son Howard allait enfin avoir une vie normale, une femme, des enfants ; ne restait qu'à les convaincre tous les deux de la justesse de son choix. Elle tournoya autour d'eux sans raison, puis dit à Howard :

— Tu peux retourner dans ton antre.

Howard se tourna vers Marjorie, voulut lui dire un petit mot gentil. Ouvrit la bouche. Produisit un son de gorge indécis.

— Bienvenue ? lui dit-elle avec ironie.

Howard eut un sourire indéfini et lui tourna le dos.

— À tout à l'heure, mère, dit-il à Mrs Virginia.

— Mon fils est un rat de bibliothèque, expliqua Mrs Virginia à Marjorie.

Howard venait d'arriver devant la porte, qu'il ouvrit. C'était une porte qui faisait du bruit ; annonçait ses allées et venues ; ponctuait le quotidien de son grincement.

— Votre fils ? Je pensais que c'était votre mari !

Howard resta planté là ; voulut entrer dans sa bibliothèque, changea d'avis et referma la porte – doucement ! Avec beaucoup de précautions ! – sans entrer dans la pièce. Cette... francophone... avait cru qu'entre sa mère et lui... L'idée était ridicule.

Sa mère allait avoir une réponse – cinglante ! À ne pas manquer ! La discussion n'allait pas durer longtemps, mais elle en vaudrait la peine. Puis sa mère monterait à l'étage ou irait dans le magasin. Peu habituée aux bruits de la maison, la francophone ne porterait aucune attention à une porte qui grince, et il pourrait retourner dans sa bibliothèque.

⋮

— Mon mari ! s'écria Mrs Virginia d'un ton ulcéré. Vous en avez de bonnes !

— On m'avait dit... La voisine... Que vous étiez un couple.

— Votre voisine est une imbécile. À moins que vous ayez mal compris. Auquel cas, l'imbécile, c'est vous.

— Oh, dit Marjorie, battant en retraite. Ça se peut, ça se peut.

— Il y a plusieurs sortes de couples. Couple, ça veut tout simplement dire deux. Nous sommes deux, mon fils et moi, comme vous êtes deux, votre père et vous.

— Non, répondit Marjorie fermement. Nous ne sommes pas un couple. La voisine aurait dû dire : une veuve et son fils. Comme on dit : le veuf Chalifoux et sa fille.

— Mais je ne suis pas veuve ! Mon mari est en Angleterre.

— Je m'excuse, répondit Marjorie, n'ayant rien d'autre à dire.

— Ne vous excusez pas, il est heureux comme un pape. Il court les hommes dans toutes les rues de Londres. Il préfère les hommes aux femmes, comme Oscar Wilde. Vous connaissez ?

— Je le connais seulement si c'est un francophone de la Basse-Ville.

— Pas du tout. C'est un écrivain.

— Moi, les livres, ce n'est pas mon affaire. Quand j'étais petite, j'étais bonne en mathématiques.

Howard se félicitait de son astuce. Sa mère parlait avec sa verve et son mordant habituels, mais la francophone avait aussi du mérite. Il aurait voulu les enlacer toutes les deux, les applaudir, puis les inviter au restaurant. La francophone n'avait sans doute jamais mangé autre chose que du macaroni dans une cuisine insalubre ; n'avait jamais rien lu ; ne connaissait du monde que son quartier mal famé ; ouvriers ivres et senteurs de rats d'égout ; relents de soupe aux pois.

La suite de la conversation lui fit perdre sa bonne humeur.

— Oscar Wilde est un auteur célèbre. Un des auteurs préférés de mon mari, pour des raisons évidentes.

— C'est un Anglais ?

— Quelle importance ?

— Aucune, dit Marjorie. Elle répéta, sans savoir pourquoi : J'étais bonne en mathématiques.

— Tant mieux pour vous. Pourquoi ne vous asseyez-vous pas ?

Elles étaient debout toutes les deux, dans un affrontement que Marjorie ne comprenait pas mais qui plaisait à Mrs Virginia. Elle continuait à admirer son culot, tout en se disant qu'elle aurait du travail à faire.

— Je ne devrais pas coudre quelque chose ? demanda Marjorie en s'asseyant.

Elle suivait la discussion avec de plus en plus de difficulté. Avec son père, les choses étaient toujours claires : lorsqu'il parlait, chaque élément était introduit selon une logique qu'elle connaissait parfaitement. Mrs Virginia s'approcha de Marjorie ; vraiment trop près, selon cette dernière.

— Qu'allez-vous faire ? demanda Mrs Virginia.

— Recoudre un chapeau, peut-être ?

— Je veux dire, qu'allez-vous faire au sujet de votre état ? Votre grossesse ?

— Quoi ?

— Vous m'avez bien comprise. J'aimerais avoir des précisions, au sujet de votre grossesse.

De quelles précisions pouvait-il bien s'agir ? Des précisions sur la seconde où elle était tombée enceinte ? Des précisions sur la façon dont elle avait fait l'amour, sur la couleur de la peau de Lucien sans ses bobettes, sur ses fesses glabres et sa langue amoureuse ? Qu'y a-t-il à dire au sujet d'une grossesse dont on ne veut pas, qui vient vous empoisonner l'existence, casser votre avenir, vous mettre au ban de la société ?

— Rien. Je ne vais rien faire, dit Marjorie.

— Mais... Et votre père ? Qu'est-ce qu'il en dit ?

Cette Mrs Virginia était une maudite fouineuse, avec ses questions et sa façon de pousser son fauteuil contre le sien. Marjorie ne voulait parler ni de sa grossesse ni de son père ; était venue pour coudre ; voulait gagner de l'argent.

— N'allez pas me faire croire qu'il est content

d'être grand-père sans avoir de gendre. Il doit être furieux, d'après moi. Il va sans doute vous mettre à la porte, ou vous déshériter, ou les deux.

— Pour l'héritage, il n'y a pas de danger. On n'a pas d'argent.

— Donc, vous n'en avez pas pour votre enfant non plus.

— Mais lâchez-moi donc avec vos questions !

Mrs Virginia vit qu'il lui fallait passer à une véritable offensive.

— Je vais vous dire où je veux en venir. J'en ai, moi, de l'argent. J'en ai même beaucoup. Et Howard aussi.

— Bien beau pour vous.

— Oui, c'est très agréable. Mais par contre, ce que je n'ai pas, c'est une bru. Howard a eu un chagrin d'amour, exactement comme vous avez eu un chagrin d'amour.

— Il a connu Lucien, qui lui faisait l'amour au bord de la rivière des Outaouais ?

— Non, une Nancy. Belle femme. Très croyante. Un peu trop, peut-être – ce que je veux dire, c'est qu'elle prenait toutes les saintes Écritures au pied de la lettre. C'est trop.

Puis, avec un petit rire :

— Trop de lettres. Vous me suivez ?

— Vraiment pas.

— Aucune importance. Ce que je veux vous dire,

c'est cela : depuis sa Nancy, Howard a fait une croix sur les femmes. Mais moi, je dis qu'il lui faut une femme. Cette femme – plutôt une jeune fille, mais je ne peux plus me permettre d'être pointilleuse –, c'est vous. Vous me suivez ?

— C'est clair comme de la bouette, votre histoire.

— Faites un effort. Voici : arrangez-vous comme vous le voulez, mais faites en sorte qu'il croie que vous portez son enfant. Mon Howard est un homme d'honneur. Il vous épousera. Je veux une bru. Je veux qu'il soit heureux. Vous vous êtes fourrée dans une situation impossible : je vous offre le salut.

Devant sa porte, Howard avait une tête d'apoplexie. Comment sa mère osait-elle parler à une inconnue de ce qu'il avait de plus sacré dans sa vie, son amour pour Nancy ? De quel droit lui balançait-elle cette fille perdue dans les bras ? Tout le monde le disait, sa mère avait des idées trop libérales ; expérimentales. Il n'était pas normal d'avoir des rapports cordiaux avec un mari qui l'avait abandonnée pour parcourir les brasseries britanniques à la recherche de rencontres furtives. Il n'était pas normal d'avoir élevé seule son enfant, sans se soucier de l'opinion d'autrui. Il n'était pas normal de vouloir inclure tout le monde à l'église, des plus pauvres aux plus étranges, en passant par ce J. Mackenzie, malade mental qui avait été interné à plusieurs reprises depuis son retour des

Flandres en 1917 et qui en parlait tant qu'il pouvait dès qu'il vous apercevait ; et toutes ces hurluberlues, dames de bienfaisance aux opinions risibles et aux robes loufoques. Et il était complètement anormal de forcer son propre fils à épouser une francophone illettrée, enceinte, dans le seul but d'obtenir une bru.

— Il a aimé sa Nancy autant que vous avez aimé votre Lucien, poursuivit Mrs Virginia. Vous aurez donc quelque chose en commun. L'amour tient à si peu de choses... Je veux conclure un marché avec vous, tout simplement parce qu'il sied peu à l'espèce humaine de rester solitaire. Surtout les hommes. Les hommes ne savent pas être seuls, cela ne leur convient pas. Comprenez-vous ?

— Et mon père ? demanda Marjorie pour dire quelque chose, pour faire semblant de suivre la conversation.

— Votre père est malheureux parce qu'il est seul. D'après le peu que vous m'en avez dit, c'est clair. Et mon fils est malheureux. Il ne le sait pas – en fait, il n'en a aucune conscience –, mais je sais, moi, qu'un homme doit avoir quelqu'un à ses côtés. Je me soucie peu qu'il s'agisse d'un autre homme ou d'une femme. N'importe qui fera l'affaire, pourvu que mon Howard ne soit plus malheureux. Et elle ajouta : Dans mon cas, j'ai peu souffert de solitude. J'ai l'Église et mon commerce.

Marjorie crut qu'elle allait se lancer, comme Dad savait le faire, dans un discours, puis un autre, et un autre encore ; mais Mrs Virginia se tut ; large sourire éclairant son visage.

— Mon père, ça ne le dérange pas de vivre seul, dit Marjorie.

— Mais oui, bien sûr que oui. Ça le dérange, c'est absolument certain.

— Il parle aux morts, il n'est pas si seul que ça.

Lovely, se dit Howard en grinçant des dents, mon futur beau-père est aussi cinglé que J. Mackenzie.

— Tout ce que je vous dis, reprit Mrs Virginia, c'est que vous avez jusqu'à vendredi pour conclure le marché. Ne traînez donc pas. Votre grossesse va finir par vous faire sortir le ventre. Cela ne me dérangerait pas outre mesure, s'il ne s'agissait pas de Howard. Il est plus sensible que moi. Voici ce que je vous propose...

— Mais...

— Mais rien. Tout à l'heure, je dirai que je suis malade et j'irai m'aliter. Votre territoire : le magasin, l'arrière-boutique et, si vous êtes téméraire, la bibliothèque. Débrouillez-vous comme vous le pourrez, mais il faut que mon Howard vous fasse une demande en mariage officielle avant vendredi soir. Sinon, je retire mon offre et vous perdez votre emploi du même coup. C'est à prendre ou à laisser.

— Mais…

— Pas de mais. C'est ainsi. Quand vous serez mère vous-même, vous comprendrez jusqu'où nous pouvons aller pour le bonheur de notre enfant. Je déteste rester au lit, mais j'y serai jusqu'à vendredi. Minuit. Vous devriez boire quelque chose. Je vous trouve de plus en plus pâle.

— C'est la colère, répondit Marjorie, les poings serrés.

— Dans ce cas, ça passera. Au moins, je n'ai pas à vous promener dans le quartier comme la dernière fois. Lorsque vous serez mariés, je dirai tout à Howard. Il comprendra. Il comprend toujours tout. Vous verrez comme il est intelligent. D'ailleurs, allez donc le chercher. Je lui dirai que vous devez nettoyer sa bibliothèque.

Mrs Virginia appela Howard, puis elle se reprit en riant :

— Il n'entend jamais rien. Allez-y, frappez fort et revenez avec lui. Je vais lui annoncer que je suis souffrante.

— Mais je ne veux pas ! s'insurgea Marjorie.

— Bien sûr que vous le voulez. Vous n'avez aucune autre solution à votre petit problème. Je crois que vous m'avez comprise. Allez.

Marjorie alla donc à la bibliothèque ; lentement, oh ! si lentement ! S'imagina en train de se faire

empaler par l'Anglais. Eut un frémissement annon-
ciateur de grande mort brutale. Voulut se changer les
idées : Aldonis ! ses doigts si doux... Aldonis ! sa
langue qui savait fouiller entre ses jambes pour trouver le bouton d'or, comme il disait. Aldonis, qui
aimait son odeur, sa saveur ; l'enroulait dans ses bras
pour la couvrir de baisers.

Oui, voilà : elle n'avait qu'à attendre qu'il lui
déclare son amour, qu'il la pénètre doucement ou
furieusement – les deux choix étaient satisfaisants –,
et son petit problème disparaîtrait pour faire place à
des années de paisible amour.

À moins qu'Aldonis ne lui préfère sa Madeleine.
Dans ce cas, elle était foutue.

⋮

Marjorie sentit qu'on l'attrapait par le bras. En
quelques secondes, elle se retrouva happée par un
corps chaud et mou : Howard. Qui lui mit la main
sur la bouche ; la tint serrée contre lui ; frappa bien
fort à la porte. Puis, en la retenant – avec difficulté,
Marjorie ayant appris depuis la petite école à donner
des coups de pied –, il ouvrit la porte et dit, en criant
de douleur :

— Oui ?

Puis il chuchota à Marjorie :

— Dites quelque chose d'intelligent. J'ai tout entendu.

Marjorie comprit ce qu'il attendait d'elle ; le repoussa, furieuse et dégoûtée ; et hurla :

— C'est votre mère qui est malade.

Howard la poussa dans la bibliothèque et referma la porte.

— J'ai tout entendu, dit-il en se frottant les chevilles.

— Tu viens de me le dire, répondit-elle avec rage.

— Je voulais vous parler de ce que vous a dit ma mère...

— Ce n'est pas de ma faute si ta mère est folle.

Il l'attrapa par le bras :

— Je vous interdis de parler de ma mère de la sorte.

Marjorie, qui n'aimait pas se faire brasser par un homme – sauf lorsque c'était Lucien qui la brassait pour la faire rire avant de la basculer dans l'herbe –, lui prit le bras à son tour et serra de toutes ses forces.

— Je suis enceinte, le père de mon enfant est mort, je ne te connais pas, puis je ne veux pas te connaître.

Il la regarda d'un air surpris.

— Désolée, pour votre mari.

— Ce n'était pas mon mari et il est mort dans un accident de voiture, comme ta Nancy.

— Mais Nancy ne sait pas conduire, et elle n'est pas morte.

— Désolée, je croyais qu'elle était morte. Si elle est vivante, pourquoi tu ne l'épouses pas ?

Howard allait lui répondre lorsqu'il se souvint de sa propre colère contre sa mère.

— Je voulais vous épargner l'humiliation de la discussion. Si vous voulez, partez tout de suite. J'irai la voir pour lui dire que je suis au courant.

— C'est pour toi que c'est humiliant. Moi, je suis enceinte. C'est une période de bonheur et d'espérance pour moi, dit-elle avec sarcasme. Si tu lui dis, tu vas lui faire de la peine. Elle va savoir que tu écoutes aux portes.

— Par accident ! se défendit Howard.

— Non. Fais-moi confiance, je sais de quoi je parle : tu as tout entendu parce que tu écoutes aux portes, reprit Marjorie avec insistance. De toute manière, je ne veux pas d'un Anglais. Puis j'ai déjà un amoureux qui va me marier. Aldonis. Il est pas mal plus beau que toi. Puis il me fait des choses avec sa langue.

De colère, elle voulut être encore plus vulgaire, chercha un mot en anglais puis, ne le trouvant pas, ni son équivalent, elle se mit la main entre les jambes et dit :

— C'est là qu'il me lèche.

Howard la regarda, éberlué, puis il se mit à rire. Le mystère de la femme, très peu pour lui ; agréable mais trop éphémère ; et beaucoup moins divertissant que le journal.

Ah, se dit-il en continuant à rire – un peu trop forcé, le rire –, sa mère avait eu une de ses absences, une lubie. Ça n'allait pas durer, comme toutes ses idées sur le commerce, qui finissaient par s'évanouir à peine énoncées. Il n'avait rien à craindre de cette Marjorie, qui s'était immiscée malgré elle dans leur quotidien. D'ailleurs, à bien la regarder, elle était presque touchante dans sa façon de se tenir, défiante, en colère, la main entre les jambes. Il ferait bien mieux de se comporter en bon fils, de jouer le jeu. À la fin de la semaine, il n'avouerait rien à sa mère, mais il lui dirait que la francophone ne faisait pas l'affaire, qu'elle manquait de courtoisie et qu'elle faisait fuir les clients.

— Bravo pour vous, dit Howard, un fond de rire dans la voix. Écoutez-moi bien, maintenant : ma mère est vieille, mais elle a bon cœur. Elle veut mon bonheur, ce qui est tout à fait compréhensible de la part d'une mère. Faisons, vous et moi, comme si son plan était excellent. Je ne voudrais pas, comme vous me l'avez fait remarquer, lui faire de peine. Êtes-vous d'accord ?

— Bien non.

— Ça vous ferait une semaine de salaire. Plus, même... Je double votre salaire. Je le triple.

— Trois fois...

— Oui, quand on triple, on multiplie par trois.

Marjorie se fâcha. Pas besoin de lui parler de mathématiques. Justement, elle était très bonne en mathématiques...

— Merveilleux. Puis-je compter sur votre discrétion ? Une fois votre salaire, plus une autre fois, plus une autre fois. Ça fait trois.

Sans attendre sa réponse, il passa devant elle et sortit de la bibliothèque.

— Il paraît que vous êtes souffrante, ma chère mère ?

Marjorie resta sans bouger.

— Un autre prospect, se dit-elle.

Elle ne dirait rien à son père ; ne dirait rien à Aldonis ; ne dirait rien à personne. À partir de tout de suite, elle ferait tout ce qu'on lui ordonnerait. Tout le temps. Obéirait comme un chien. Dirait oui, et oui, et encore oui. Trois fois oui, à tout le monde. Coucherait avec Aldonis et Howard, trois fois chacun. Trois jours de suite, ou trois fois de suite. Une fois, deux fois, trois fois...

Elle poussa un gros soupir.

— Chez vous, tout est sale comme le cul du diable, dit-elle aussi fort qu'elle le put.

Mrs Virginia alla se coucher. Howard ferma le magasin, puis il s'enferma dans sa bibliothèque en donnant à Marjorie la consigne « Trouvez donc quelque chose à faire ». De rage, elle procéda à une réorganisation systématique des chapeaux dans la boutique, par ordre de couleur, par tissu, selon le style. Puis selon son goût, en mettant des paires de gants blancs à côté de bérets verts ou jaunes ; sans recherche esthétique – simplement un soulagement de l'ennui et de la colère. Elle partit lorsqu'elle en eut assez – personne d'ailleurs n'avait convenu avec elle de ses heures de travail –, en claquant la porte.

Dad lui posa des questions au sujet de son nouveau patron :

— C'est un maudit bloke, répondit-elle sans extrapoler.

Mardi
- Les âmes sœurs (il y en a plusieurs) -

Le lendemain, Howard l'accueillit froidement; ni bonjour ni autre chose. La situation était ridicule, mais il tenait à protéger sa mère; preuve irréfutable d'un véritable amour filial.

Marjorie fit comme la veille. Mit des chapeaux dans la vitrine, en enleva d'autres. Puis, de guerre lasse, retourna dans l'arrière-boutique. Elle n'avait rien à nettoyer, rien à coudre, rien à arranger, à remettre, à faire ou à défaire. Howard avait mis le signe « Closed » dans la vitrine, elle n'aurait pas une seule cliente de la journée. Alors elle se coucha par terre et pleura toutes les larmes de son corps.

Elle n'entendit pas Howard, qui était sorti de sa bibliothèque et qui la regardait. Ça lui faisait un drôle d'effet, cette francophone recroquevillée par terre, en pleine crise de tragédie grecque. Se demanda un instant s'il ne devait pas lui donner quelques mots d'encouragement – mais il n'aurait su que dire, n'ayant jamais vu de si grand chagrin. Lorsque Nancy avait quitté le pays, il avait pleuré aussi, mais discrètement, la nuit venue, dans son lit ; s'était écrasé, tête dans l'oreiller pour ne pas affoler sa mère ; petites larmes négligeables ; et à peine quelques gémissements. Il désapprouvait cette sorte d'abandon dans le malheur, ce débordement de larmes. Cela devait être culturel : pas un Anglais n'aurait été assez mal élevé pour pleurer de la sorte, surtout par terre, en se mouchant dans les si jolies fleurs bleues d'un tapis très cher. Ça ne se faisait pas. Les francophones étaient différents, ils vivaient et mouraient à leur manière. Bruyamment, semblait-il.

Il la regarda un bon moment puis il retourna dans sa bibliothèque, où il oublia de lire, ce qui était pour lui tout à fait inhabituel.

⋮

— Bon, dit Chalifoux le mardi soir, tu ne vois pas ton Aldonis aujourd'hui. On va pouvoir jaser un peu.

De fatigue, Marjorie se laissa tomber sur une chaise, résignée à l'avance à la leçon coup-de-massue, à la morale c'est-de-ta-faute. Si elle avait été cliente, Dad aurait au moins fait semblant de lui donner du réconfort ; aurait parlé de la nécessité de se prendre en main ; l'aurait écoutée. Mais là... ça risquait d'être long.

— Ne t'inquiète pas. Je vais faire ça vite. Moi non plus, je n'ai pas de temps à perdre.

Avec Dad, c'était à se demander s'il entendait les pensées. Je vais me taire dans ma tête, se dit Marjorie. Attendre que ça finisse. Après tout, ce n'était pas un si mauvais père. Il y en avait d'autres, de vrais méchants, qui tapaient fort et qui gueulaient plus fort. Celui qu'elle avait – oui, vraiment – aurait pu être pire ; pas mal pire.

— Moi, quand j'étais jeune... commença Chalifoux.

Marjorie haussa les sourcils d'étonnement. Dad ne lui avait jamais parlé de son enfance ; ni à vrai dire de sa vie. Il se contentait du général, de leçons tirées des erreurs de ses clients ; regrets des morts et stupidité de la race humaine. À croire qu'il était né à dix-neuf ans, à la mort de sa femme, et que son existence avait commencé quand il était arrivé à Ottawa. Marjorie ne connaissait pas ses grands-parents. Peut-être qu'elle n'en avait jamais eu. Peut-être que Dad était né orphelin, quelque part près du lac Supérieur.

Dad regardait le mur intensément, comme lorsqu'il se mettait à avoir une vision qui tombait dans le mille. Mais ce n'était pas une vision, c'était un souvenir d'enfance – pour lui, toujours le même, comme s'il n'en avait qu'un. Il se revoyait sur les bords de la rivière St. Mary's, seul avec un bout de bâton. Rien d'autre que l'image d'un petit gars et d'une énorme quantité d'eau.

Puis il se retourna et regarda Marjorie, ses yeux remplis de la vague qui faisait tant d'effet aux clients ; son âme entière ; toute la connaissance des mondes, celui-ci et l'autre.

— Je t'ai élevée comme j'ai pu.

Puis son regard se referma et il retrouva ses yeux de tous les jours.

— Ma job est faite, dit-il. Les enfants, poursuivit Chalifoux, qu'ils vivent ou qu'ils meurent, personne ne s'en soucie vraiment – vivre est assez difficile comme ça, pas la peine de s'inquiéter pour les petits bouts qui naissent et qui prennent de la place. Ton Aldonis, fais-lui son affaire, puis vite. Moi, je ne peux plus te garder. J'en ai élevé une, je ne pourrais pas en élever un autre. C'est trop. C'est trop pour un homme, Marjorie.

Il y avait une sérénité dans sa voix, avec juste ce qu'il fallait de colère. Puis il se leva, l'air soudain hagard.

— Où tu vas ? demanda Marjorie.

— Je vais faire comme toi. Je m'en vais marcher. Toi, fais donc comme d'habitude. Fais ce que tu veux.

Je ne peux plus m'occuper de toi. C'est trop.

Il ne prit même pas son chapeau – à cette heure tardive, tant pis si on l'apercevait tête nue – et sortit. Il hésita. Devait-il aller à droite, vers la gauche, tout droit ? Quand il demandait à Marjorie où elle avait été, elle répondait toujours : marcher. Drôle de monde, où les pères prennent des leçons de leur progéniture. Il allait foncer droit devant, vers cet ailleurs si méritoire, lorsqu'un homme l'accosta, ou plutôt, lui rentra dedans.

— Excusez-moi, dit l'homme, vous n'êtes pas le médium ?

Chalifoux eut envie de dire non, mais on ne refuse pas le client qui s'offre à vous.

— On m'a dit que vous parlez aux morts.

— Oui.

— J'aimerais... si vous avez le temps... dit l'homme d'un ton gêné. Pas ici, pas dans la rue. Si vous pouviez... J'aimerais... Ça fait des années que...

Chalifoux le poussa devant lui.

— C'est bien, dit-il. J'ai le temps.

⋮

Marjorie était encore debout dans la cuisine, au même endroit où il l'avait laissée quelques minutes plus tôt. Il lui lança un regard furieux.

— C'est ma fille, dit-il à l'étranger, mais justement, elle allait sortir.

— Si tard le soir, rétorqua l'homme d'un air étonné. Il ne faut pas. Je préfère qu'elle reste. Et puis, c'est bien, une jeune fille. Peut-être que Paulette sera en confiance pour me dire un petit bonjour.

Il répéta « C'est bien, une jeune fille », et s'assit sans y être invité. Chalifoux regarda sa fille, puis haussa les épaules. Bougonna à voix basse : « C'est fantastique, les jeunes filles ». Marjorie lui rendit son regard, haussa les épaules à son tour et se mit à scruter le plancher.

L'étranger s'appelait Philéas.

Dans sa jeunesse, il avait été cuisinier – un bon cuisinier, qui connaissait les techniques françaises pour découper les viandes, pour les apprêter, sans compter tous les accompagnements de légumes et de sauces. À la mort de ses parents, il avait hérité d'une petite somme, qui lui avait permis de cesser de travailler. Comme il aimait toujours la cuisine, il prenait son temps au marché pour trouver le meilleur morceau, avec son petit légume et le fromage pour la fin. C'est là qu'il avait rencontré Paulette.

Menue, charmante, coquette ; une poupée comme celles qu'on voit danser dans les boîtes à musique ! Le boucher était en train de lui vendre une escalope qui traînait depuis la veille. Philéas l'avait conseillée. De fil en aiguille, elle l'avait suivie chez lui. Il lui avait fait cuire l'escalope dans une sauce à la moutarde, et pour le dessert – Philéas se tourna vers Marjorie et lui dit « À votre âge, mademoiselle, on devrait tout savoir » –, elle lui avait offert ses seins. Les plus beaux petits seins de la terre ; on aurait dit des petits gâteaux au bon beurre de Normandie et à la farine la plus blanche et la plus fine qu'il eût jamais vue.

Vers trois heures, elle avait commencé à s'agiter. Son mari allait rentrer à la maison, réclamer son souper. Elle détestait faire à manger, une vraie phobie de la nourriture ! Si elle l'avait pu, elle aurait croqué dans une fraise au printemps, une branche de céleri en été, une belle pomme rouge en automne, et jeûné en hiver. Mais il fallait nourrir son mari, un Dutil féroce qui la terrorisait, un géant qui engloutissait autant qu'un ogre. Philéas, ému, lui donna une recette de bœuf braisé digne d'un premier ministre.

Il la revit le lendemain et lui demanda comment son mari avait mangé.

— Mal, répondit-elle, j'ai tout fait brûler.

Philéas lui expliqua de nouveau la recette, patiemment, en lui disant qu'il fallait couper comme ceci et non comme cela, et qu'il fallait faire cuire ceci à petit feu et cela à gros bouillons, et comment ajouter le vin, et à quel moment, et en quelle quantité. Paulette faisait oui de la tête. À la fin de la recette, elle lui offrit ses seins, comme la veille ; puis le reste. Son petit corps menu ! Des pieds à la tête, un festin pour l'homme ! De la haute cuisine pour connaisseur ! Cette fois-ci, ils firent l'amour. Et c'est là qu'il se rendit compte que Paulette – Philéas se tourna vers Marjorie et dit « Mademoiselle, à votre âge le corps ne doit plus être une énigme » –, Paulette avait le vagin le plus étroit possible, à peine la place pour passer le petit doigt ; oui, absolument, ce vagin-là était d'une étroitesse remarquable. Il fallait forcer, forcer pour y entrer ! Et quand il y fut, le paradis !

Leur amour avait duré des années. Il achetait ce qu'il fallait pour le souper du mari, faisait l'amour avec Paulette, lui expliquait la recette et riait le lendemain à l'entendre raconter comment elle avait fait brûler le poulet, les patates, les carottes, l'huile, le beurre et l'eau. Son mari l'aimait autant qu'une brute pouvait aimer. Lui, il l'aimait d'un amour vrai, pur, véritable. Jamais il ne lui avait demandé de quitter son Dutil, jamais ! Il savait bien qu'il se serait fait massacrer par un tel homme ! Et puis, elle lui disait : « Toi, je t'aime. Dutil, je vis avec. Ce n'est pas pareil. »

La preuve, quand Paulette était morte, Dutil s'était remarié quatre mois plus tard. Quatre mois ! Rendez-vous compte de ça ! Mais lui, Philéas, il n'endurait plus son absence. Chaque jour était pire que le précédent. On dit que le temps adoucit la douleur, mais c'était faux, absolument faux. Il avait encore plus mal qu'au premier jour.

— Il faut que je lui parle, dit Philéas à Chalifoux. Est-ce que vous la voyez, maintenant ? Est-ce qu'elle dit quelque chose ? Est-ce qu'elle a un message pour moi ?

Chalifoux allait lui répondre lorsque Philéas ajouta, en se tournant vers Marjorie :

— À moins que mademoiselle ne se fasse l'émissaire ? Vous avez le don de votre père, ça se voit sur votre visage. Vous êtes aussi fragile que ma Paulette. Elle doit vouloir vous parler, à vous. Qu'est-ce qu'elle vous dit ?

— Ma fille ne parle pas aux morts, dit Chalifoux.

— Mais oui, elle leur parle très bien. Et toutes les demoiselles de son âge ont quelque chose d'important à dire. Quelque chose d'urgent. Elle entend Paulette, je le sais. La voix d'une femme en amour... Elle est toujours en amour, hein, n'est-ce pas, Mademoiselle ? Avec moi, pas avec l'autre – l'autre qui l'a oubliée quatre mois plus tard ?

— Ma fille ne parle pas avec les morts. C'est mon affaire, répéta Chalifoux.

Il était furieux que Marjorie fût avec lui, dans la même pièce que lui, devant un client, un imbécile qui avait parlé de vagin et d'amour devant une fille et son père.

— Câlisse, dit-il, alors qu'il ne sacrait jamais devant les clients, c'est moi qui parle.

— Mais Mademoiselle pourrait le faire. Je vois qu'elle en a envie.

De fait, Marjorie entendait une voix. Mais c'était la sienne, qui lui parlait de Lucien, et d'Aldonis qu'elle commençait à aimer, et de Howard qu'elle détestait franchement mais qui était tout de même un prospect. Et sa tête tournait un peu.

— Paulette, commença-t-elle...

— Tais-toi, ordonna son père.

— ... Paulette parle de friture, continua Marjorie. De poisson. Un achigan. Ça vous dit quelque chose ?

Philéas blêmit.

— Un achigan ?

— C'est ça, répondit Marjorie. Puis elle vous dit...

Marjorie entendait clairement une seule voix maintenant – comme tout le monde d'ailleurs entend une voix ; en se forçant un peu, on entend la voix de sa mère qui nous pressait le matin, ou la voix d'un oncle tant aimé ; on se souvient de la voix du laitier ou du chat d'à côté si on veut – ce n'est pas un don, pourtant –, mais ce n'était plus la sienne, c'était celle de Lucien, plus forte qu'Aldonis ou que Howard. Et son rire ! Un rire qui proclamait que la vie était éternellement belle, et que par ce rire elle serait protégée éternellement de tout ce qui pourrait lui tomber sur le crâne – douleurs, malheurs, trahisons.

— Ah, dit Marjorie sans hésiter, vous aviez raison. Elle n'a jamais aimé son mari. Elle vous aime encore. Toujours. Elle ne vous oubliera jamais. C'était votre âme sœur. Vous n'en trouverez jamais une autre comme elle.

— Ah ! dit Philéas.

Et il eut un transport d'extase et de joie ; de terreur aussi, en songeant qu'il venait de converser avec l'au-delà. Puis, en se tournant vers Chalifoux :

— Vous voyez. Mademoiselle a été fantastique.

Maintenant qu'il avait la preuve de sa conviction, il se leva et voulut serrer la main de Chalifoux.

— Mais vous êtes fou, aboya Chalifoux. Ce n'est pas ma fille qui parle aux clients, c'est moi. Et votre Paulette, elle vous dit que vous êtes figé dans le passé et que vous allez vous enterrer comme on l'a enterrée. À croire qu'elle vous aime, vous allez vivre comme dans un cimetière, me comprenez-vous ? Un cimetière ! Votre vie est finie ! Lâchez donc votre Paulette qui faisait l'amour avec Dutil tous les soirs sur la table de sa cuisine – puis ça ne la dérangeait pas ! Elle aimait ça ! Trouvez-vous une autre femme !

— Bon, répondit Philéas, inquiet.

La violence de Chalifoux lui faisait peur. Il avait payé, la demoiselle lui avait dit ce qu'il voulait entendre et, maintenant, il voulait partir. Il avait le droit de vivre comme il voulait, sa petite vie tranquille d'homme au cœur brisé lui convenait parfaitement! Il voulait qu'on le laisse vivre en paix avec sa douleur!

— Bon, articula à son tour Chalifoux. J'en ai une, de femme, pour vous. Une jeune demoiselle – vous avez l'air d'aimer ça. Oui, prenez donc Marjorie : je vous la donne. C'est une aubaine, vous allez avoir du deux pour un. Elle est enceinte jusqu'au cou, jusque dans ses os, ses entrailles de jeune demoiselle sont pleines du cadeau d'un mort! Vous avez de l'argent, faites-les donc vivre tous les deux.

— Non merci, répondit Philéas. Puis, en se tournant vers Marjorie : Ah, vous êtes enceinte? Félicitations!

Et il sortit sans demander son reste.

— Tu vois, dit Chalifoux, tu fais fuir les prospects.

— Oui, dit Marjorie.

Elle était de nouveau épuisée. Décidément, se dit-elle, depuis que je suis enceinte, je suis tout le temps fatiguée.

— Puis tu vois que tu as le don, continua Chalifoux, prêt à assommer sa propre fille.

Marjorie ne sut que répondre et préféra s'enfuir dans sa chambre. Chalifoux la poursuivit et la prit par le bras. Oui, elle avait le don, continua-t-il, le don de l'écœurer et de conter des menteries aux clients.

Un homme qui pleure une femme toute sa vie, c'est un homme fini. Pareil pour une femme qui pleure un homme. Son Roger mort de rien et connu de personne, il valait mieux l'oublier.

— Pourquoi tu lui as parlé d'un achigan? lui demanda-t-il subitement.

— Je ne sais pas. Juste une idée. Ça avait de l'allure pour un cuisinier.

— Ah, dit Chalifoux. Ça se peut que tu sois moins folle que je croyais.

Il lui lâcha le bras et quitta la pièce sans rien ajouter. Restée seule, Marjorie se coucha et s'endormit immédiatement.

Chalifoux oublia la promenade et partit se coucher lui aussi; yeux grands ouverts dans le noir, il passa la nuit à attendre la fin de sa colère.

Mercredi
- D'une rivière à l'autre -

Mrs Virginia était fatiguée de faire semblant qu'elle était souffrante. Robuste comme elle l'était, il lui pesait d'avoir été alitée depuis deux jours. Dans un lit, en plein jour, il n'y a rien d'autre à faire que lire la Bible ; et pourtant, toutes les bonnes intentions d'une bonne croyante n'empêchent pas la Bible de vous brûler les yeux, quand on a lu la même phrase pour la trentième fois. Tenace, elle l'avait relue une trente et unième fois, pour bien se laisser pénétrer par la Parole. Puis, terrassée par l'ennui, elle avait appelé Howard.

— Fais monter la fille demain matin, il faut que je lui parle.

— N'êtes-vous pas trop souffrante pour une telle tâche ? avait rétorqué Howard en riant intérieurement.

— Oui, avait dit Mrs Virginia, mais je dois faire

mon devoir. Je dois m'assurer qu'elle...

— Oui ?

— Eh bien, je veux être certaine que cela se déroule comme je le veux.

— Je ne crois pas, dit Howard.

— Ah ?

— Non. Elle est... Comment dire ? Elle ne me plaît pas.

— Ah ? Et pourquoi ? Ne travaille-t-elle pas assez ?

— Elle a refait la vitrine. C'est joli.

— Travaille-t-elle mal ?

— Elle a épousseté. Je crois. À vrai dire, je n'ai pas remarqué. Il me semble qu'elle a travaillé. Oui, certainement ; autrement, qu'aurait-elle fait ?

Il se mit à penser qu'elle avait pleuré, étendue de tout son long par terre, là où sa mère et lui-même avaient marché année après année, sans jamais songer à s'y étendre – une personne saine d'esprit ne ferait pas une telle extravagance. À moins d'aller très mal... Oui, si quelqu'un, peut-être initialement sain d'esprit, se retrouvant dans une situation critique, chez des étrangers... Howard s'embourba dans ses pensées : N'était-il pas bien possible que... que quiconque soit malheureux, dans une situation désespérée ? Lorsque cela va mal et que l'on est dans une situation épouvantable... Seule. Un enfant en son sein. Dans le sein d'une si jeune femme. Si peu une femme ! Une jeune fille, plutôt. Si jeune ! Avait-on idée d'aller si mal, si jeune ?

— Howard ?

— Hum ?

— Dis à Marjorie de monter.

— Très bien, dit Howard, et il redescendit l'escalier.

Marjorie venait d'arriver. Elle avait couru, elle était rouge de chaleur et sentait un peu la sueur. Howard se refroidit tout à fait, oublia sa situation critique et désespérée et lui dit que sa mère l'appelait.

— Où ? demanda Marjorie.

— En haut, répondit-il, glacial.

— Mais c'est où, en haut ? répéta Marjorie, qui n'y avait pas encore mis les pieds.

Howard eut un reniflement d'impatience.

— C'est par ici, dit-il en passant devant Marjorie.

Il monta l'escalier en trombe, Marjorie sur ses talons.

— Hello, dit Mrs Virginia.

— C'est ça, répondit dédaigneusement Marjorie.

— Ma mère est souffrante, dit Howard.

— On me l'a dit, répondit Marjorie.

— Vous semblez vous-même un peu souffrante, dit Mrs Virginia à Marjorie.

— Pas du tout. Puis vous, vous avez les joues un peu roses, pour une malade, dit Marjorie.

— Je me maquille, dit Mrs Virginia.

— Ma mère se maquille tous les jours, hiver comme été, confirma Howard.

— Les saisons n'ont rien à faire avec le maquillage, rétorqua Mrs Virginia.

— En tout cas, dit Marjorie, cet été, il fait chaud. Moi, j'ai couru pour venir ici, et j'ai chaud. Il n'y a pas un verre d'eau, dans cette cuisine ?

Mrs Virginia se demanda si elle n'avait pas fait erreur, si cette enfant enceinte, trop rouge et si malpolie, était bien faite pour devenir sa bru ; et Howard fut révolté par son effronterie. Marjorie, sentant qu'elle avait été trop loin, s'affola. Elle avait couru pour se rendre jusqu'au magasin comme elle aurait couru vers le bûcher : pour devancer la douleur, pour s'y mettre tout de suite, une bonne fois pour toutes et qu'on en finisse, dans un grand déferlement de flammes éternelles et l'odeur du soufre. Elle chancela, s'agrippa à la table et faillit s'évanouir. Howard voulut la retenir, mais elle le repoussa et resta debout, les deux mains bien ancrées sur le bord de la table de cuisine.

— J'ai chaud, c'est tout, dit-elle d'une voix redevenue douce. Et elle regarda Howard bien en face.

Il en fut tout surpris ; et se souvint de Nancy.

Nancy – une jeune fille splendide ! – avait de beaux yeux, des yeux à se faire damner, des yeux comme des phares pour guider les navires, des lacs de beauté pour s'y rafraîchir, deux grandes étoiles pour illuminer la noirceur du monde ; mais cette Marjorie avait aussi des yeux. Pas très beaux, indistinctement verts ou bruns, d'une couleur changeante ; et petits ; un peu trop petits pour son visage ; mal proportionnés, donc. Oui, pour son visage, il lui aurait fallu des yeux plus grands. Plus expressifs. Quoique ses yeux étaient, somme toute, relativement expressifs. Encore aurait-il fallu pouvoir y lire ce qu'ils exprimaient. Un pétillement, comme quelque chose de vif et de hardi. Un animal, certainement, mais lequel ? Howard connaissait mal les animaux, n'en ayant jamais eu. Et pourtant, en ville, certainement dans une ville telle qu'Ottawa, en pleine croissance économique et sociale, les animaux devaient se multiplier ; mais cela le regardait peu.

— Howard ?

— Hum ?

— Va chercher un verre d'eau.

— Oui, répondit Howard en reprenant ses esprits.

Il versa de l'eau dans un grand verre et le tendit à Marjorie.

— Ah, dit-elle. J'avais soif.

— Vous auriez pu dire merci, dit Howard, de nouveau glacial.

— Oui, j'aurais pu.

— Eh bien, il n'est peut-être pas trop tard.

— Je crois que oui.

— Ah ?

— J'aurais dû dire merci en prenant le verre. Maintenant que j'ai bu l'eau, c'est trop tard.

— Il n'est jamais trop tard pour bien faire.

— Mais oui, des fois, c'est trop tard. Quand la femme de monsieur Dutil est morte, son amant, Philéas, il était bien triste. Trop tard. Il aurait dû la voler à son mari avant qu'elle meure.

— Oh ! dit Howard, qui se scandalisait vite.

— Pour que tout soit mieux pour tout le monde, Philéas, il aurait dû dire à son amante : je t'aime, je veux vivre avec toi.

— Mais voler la femme de quelqu'un, ce n'est pas faire le bien !

— Oui. C'est des mathématiques : deux heureux, c'est mieux que trois malheureux.

— Ah ?

— Oui. Le mari, qui croit qu'il est heureux, mais c'est un mensonge ; la femme, qui s'ennuie de son amant ; et l'amant, parce qu'il est le seul à souffrir vraiment.

— Quelle logique !

— C'est ça, l'amour.

Howard se secoua.

— Vous avez couru pour venir au travail ? Quel dévouement !

— Non. Je me sauve de mon père.

— Ah, répondit Howard.

Il eut immédiatement envie de faire cesser la conversation. Il ne voulait pas entendre l'histoire de misère de cette fille – qui, après avoir été abandonnée dans un petit berceau de paille, avait, selon toutes probabilités, grandi sur le bord d'un trottoir, bercée par les eaux usées de cette racaille francophone.

Mrs Virginia commençait à bien s'amuser. Elle entrevit sa future bru en blanc se dirigeant à toute vitesse le long de l'allée à St. Lukes. Le blanc était réservé aux vierges, mais qui, des bons paroissiens, pourrait savoir que Marjorie n'était plus vierge ?

— Howard manque d'exercice, dit Mrs Virginia. C'est un intellectuel.

— Ça se voit, rétorqua Marjorie.

— Comment pouvez-vous le savoir ? dit Howard. Vous n'avez aucun concept des choses de l'esprit.

— Eh bien, je connais les esprits des morts. C'est pareil.

— Pas du tout. Je vous parle de livres.

— Qu'est-ce qu'il y a, dans les livres, que les morts ne savent pas ?

— Eh bien...

Howard se tut. Il n'y avait jamais pensé.

— Eh bien, reprit Marjorie, justement. Moi, je connais les morts, qui connaissent la connaissance de tout. Ce n'est pas dans tes livres, ça.

— Oui, s'interposa Mrs Virginia. C'est dans la Bible.

Marjorie eut encore un malaise. C'était la cuisine de ces maudits Anglais, se dit-elle, qui lui donnait le mal de mer. Mrs Virginia lui dit gentiment :

— Vous devriez vous asseoir un peu.

— Non, dit Marjorie. Quand ça va mal, moi, je marche.

— Par cette chaleur ? Je croyais que vous préfériez la fraîcheur du magasin.

— Je veux aller dehors.

— Bon, dit Mrs Virginia, Howard va vous accompagner.

Puis, en se tournant vers son fils :

— Marjorie fait partie de ces domestiques que l'on doit promener. Cela fouette le sang. C'est excellent.

— Mais... N'aviez-vous pas quelque chose à dire à Marjorie ?

— Moi ? Non. Pourquoi ?

— Tout à l'heure, vous m'avez demandé d'aller la chercher.

— Eh bien, je viens de la voir. C'est très bien. Je suis souffrante. Je vais me coucher.

⋮

Dehors, ce n'était pas une simple chaleur. C'était une canicule qui vous tombait dessus avec toute l'humidité de l'univers concentrée en un seul lieu pour mieux vous assommer. Marjorie marchait devant, avec Howard qui trottinait par-derrière en pestant contre sa mère, la météo et l'appareil reproductif de la plèbe. Marjorie avait repris du poil de la bête dès qu'elle avait mis le pied sur l'asphalte. Oui, vraiment, c'était mieux dehors, dans la chaleur de la ville. Ils marchèrent ainsi sans se parler. Puis, Howard demanda :

— Mais où allez-vous ?

— Je ne sais pas, répondit Marjorie. Quand je marche, je marche.

— Bon.

Ils ne dirent plus rien. Pendant très, très long-temps. Marchèrent. Puis Howard la rattrapa :

— Vous ne voulez pas ralentir un peu ?

Il avait relevé ses manches et déboutonné le haut de sa chemise.

— Non, dit Marjorie.

— Très bien.

Il marcha un peu auprès d'elle, mais elle le dépassa encore une fois.

— Pouvez-vous me dire pourquoi vous êtes si pressée ?

— Je ne suis pas pressée. Je marche comme ça tous les jours.

— Mais pourquoi ?

— J'aime ça.

— Vous sentez-vous mieux ?

— Oui.

— Donc, nous pouvons retourner au magasin.

— Non.

— Très bien. Continuez à marcher, moi, je retourne au magasin.

— Bonne idée.

Howard s'arrêta et regarda son employée qui s'éloignait. Elle n'avait pas ralenti le pas, bien au contraire. Nancy n'aurait jamais marché si vite par une si grande chaleur. Et puis Nancy... Sa Nancy, vue de dos – Howard l'avait discrètement admirée –, avait déjà l'air d'une femme, à quinze ans. Elle avait des formes plus féminines, plus agréables à l'œil. Plus rebondies. Elle n'aurait jamais pris de si grands pas, surtout pour aller nulle part. Et sans chapeau. Ce n'était pas convenable.

Howard rattrapa Marjorie.

— Vous devriez porter un chapeau. Toutes les femmes en portent.

— Je n'aime pas les chapeaux.

— Mais pourquoi ?

— C'est trop chaud en été. Puis l'hiver, quand je marche, je n'ai jamais froid. Je n'ai pas besoin de chapeau. J'ai mes deux jambes, c'est assez.

— Ne devrions-nous pas retourner au magasin ?

— Je n'en ai pas envie. Pour faire semblant de...

— Semblant de quoi ?

— Que ça pourrait marcher, toi et moi. Pour ta mère. Elle m'aime beaucoup, ta mère. Moi aussi. Si je pouvais la marier...

Cela fit sourire Howard.

— Je ne suis pas contre l'idée. J'ai un père qui aime les hommes. Mes deux parents seraient pareils.

— Il y a des familles comme ça. Ça ne les empêche pas de mourir.

— Que voulez-vous dire ?

— Rien.

Ils venaient de traverser la rivière Rideau. Howard était désorienté.

— Mais où sommes-nous ?

— On arrive aux terres de Billings.

— Ah ? Celles que la ville vient d'acquérir ?

Marjorie ne savait pas, mais elle savait qu'elle avait chaud et qu'il y avait de l'eau, juste là, dans la rivière ; y plongea les mains. L'eau était délicieusement fraîche. Marjorie voulut se mettre à l'ombre. Un petit fourré l'attendait, à l'abri du soleil et du regard des autres. Elle s'assit et regarda Howard.

C'était un drôle de gars, même pour un Anglais. On aurait dit qu'il ne savait rien faire, et que sa mère avait oublié de lui apprendre les choses normales de la vie : marcher, parler, boire l'eau de la rivière. Elle l'avait traité d'intellectuel, mais ça n'avait pas eu l'air de l'insulter. En fait, ils semblaient tout le temps sur le bord de s'insulter, la mère et le fils, mais ils ne le faisaient pas vraiment ; ou s'ils le faisaient, ça les faisait rire au lieu de les faire sacrer.

Howard se sentait bien, tout d'un coup.

— Aujourd'hui est un jour spécial. J'obéis aux ordres de ma mère !

Sur ce, il s'allongea dans l'herbe. Il ne se souvenait pas d'avoir jamais fait une telle chose – se coucher par terre dans un endroit public.

— Ce n'est certainement pas permis, dit-il, mais je me sens très bien. Pourquoi ne me parlez-vous pas ? Vous n'en avez pas envie, ou bien est-ce tout simplement que vous n'avez rien à dire ?

— Je parle quand je veux.

— Moi aussi.

Il s'étira, attrapa un brin d'herbe roussie par la chaleur et le mâchouilla.

— Si vous ne voulez pas parler, je vais m'y mettre.

Et de fait, il s'y mit avec entrain. Ce qu'il aimait par-dessus tout, c'était le journal – *The Journal* et *The Citizen*. Il appréciait immensément ces histoires qu'on lit un jour et qu'on oublie le lendemain. Tous les sujets lui plaisaient : la circulation, le prix de l'or, le roi de Belgique qui avait abdiqué, et ce film qui allait certainement faire date dans l'histoire du cinéma, *Alice in Wonderland*, de l'Américain Disney. Il avait le livre, bien sûr, mais il n'en avait lu que quelques pages – les livres avaient tous, sans exception, un trop grand nombre de pages. Il saisissait l'intention d'un ouvrage dès les premières lignes, et c'était suffisant pour lui. Au lieu de les lire d'un bout à l'autre, il préférait les collectionner, les avoir autour de lui, comme une présence rassurante. À vrai dire, ce qu'il aimait par-dessus tout, c'était les acheter, surtout à Toronto, où le choix de bouquineries était si « tantalizing ».

Marjorie ne connaissait pas le mot, et lorsque Howard tenta de le lui expliquer, il dut encore la regarder dans les yeux, qu'il trouva beaucoup moins petits que tout à l'heure ; et il le lui dit. Marjorie lui fit un vague remerciement et lui annonça que, vu de près, il n'était pas si mal non plus. Ils eurent un moment de panique, tous les deux à se regarder yeux dans les yeux, allongés côte à côte dans l'herbe craquante d'une fin de saison particulièrement chaude ; mais ils détournèrent le regard et la parole vint enfin à Marjorie. Elle savait parler des morts, bien sûr, mais aussi des couleurs de l'été, des marques de voitures et des nids-de-poule dans les rues ; de longues promenades solitaires qui lui donnaient l'impression d'exister, au lieu de croupir sur une chaise à couture. Et Howard lui fit remarquer que la couture était essentielle, sinon les humains iraient nus de par les rues. Cela fit rire Marjorie, qui enchaîna sur autre chose. Howard reprit ses observations, puis ils changèrent de sujet. Gaie, constante, frivole, la parole semblait ruisseler d'eux sans entraves. Le temps passait, filait, coulait entre leurs pensées si fluides, triviales, insignifiantes ; et Marjorie eut faim. Elle en fut la première étonnée.

— C'est normal, pourtant, d'avoir faim, dit Howard. Quelle heure est-il ?

Il regarda sa montre : l'heure du dîner était passée depuis belle lurette.

— Eh bien, nous devrions manger.

— Oui, dit Marjorie.

Ils ne bougèrent plus ni l'un ni l'autre et l'affolement leur revint. Mais cette fois-ci, ils étaient l'un et l'autre à court de mots, ayant épuisé l'actualité, les couleurs, la couture, la mortalité, la météo, et autres sujets connexes. Marjorie voulut s'accrocher au silence comme elle savait si bien le faire mais, pour une fois, le silence semblait pire que la parole. Alors ils firent ce qu'ils ne savaient pas du tout qu'ils avaient envie de faire. Et en moins de temps qu'il n'en faut pour le dire, ils s'embrassèrent. Un baiser interminable, sans se toucher, les mains sagement repliées contre eux. Et le temps s'allongea de nouveau.

Howard fut le premier à revenir sur terre. En

gentleman qu'il était, il dit à Marjorie, tendrement :

— Il faudrait manger, non ?

Et Marjorie, qui connaissait peu les bonnes manières, souleva son petit chandail de coton, l'enleva, dégrafa son soutien-gorge, l'enleva, prit la main de Howard et la dirigea sur son sein. Il eut l'impression de se brûler, mais il voulut continuer à se mirer dans les yeux de Marjorie alors qu'il n'avait d'yeux que pour ses seins.

— Nancy, elle en avait une paire comme les miens ? demanda-t-elle subitement.

Cela lui venait de nulle part, cette méchanceté jalouse, et elle en eut un peu honte. Mais Howard, loin de se fâcher, se mit à rire en continuant à la caresser.

— Et votre amoureux ? rétorqua Howard.

— Qui ça ?

— Eh bien, votre Adonis.

— Ce n'est pas mon amoureux, dit Marjorie d'un ton ferme.

De fait, elle l'avait complètement oublié.

— Ne seriez-vous pas un peu facile – une fille facile ?

Elle ne comprit pas.

— Vous passez d'un homme à l'autre un peu rapidement. Je suis le troisième, d'après mes calculs. Il y en a eu d'autres, j'imagine. C'est bien possible, d'après moi.

Marjorie haussa les épaules.

— Aldonis, c'est mon père qui veut que je le marie.

— Et vous ?

— Il est amoureux de Madeleine.

— Vos histoires d'amour sont difficiles à suivre.

Mais Howard suivait très bien la ligne des seins de Marjorie, passant son doigt pensivement autour du mamelon, revenant à la base du cou puis encore au sein, soupesant la chair ici et là ; puis la prenant à pleine main.

— Votre sein tient parfaitement dans ma main, dit-il.

Puis, plus sérieusement, avec une pointe de compassion :

— Et Lucien, il était comment ?

Ah, Lucien, c'était un homme, répondit-elle, ayant mépris la gentillesse de Howard pour de la pitié. Avec Lucien, le physique avait été plus fort que tout ; alors qu'avec ce bloke...

— Qu'est-ce qu'un bloke ? demanda Howard.

— C'est toi, répondit-elle simplement.

— Et c'est bien, un bloke ?

— Oui. Aussi « tantalizing » qu'une librairie de Toronto.

— Donc, c'est bien !

— Mieux, peut-être. Beaucoup mieux.

Alors qu'ils auraient pu commencer à faire l'amour,

là, sur le gazon, protégés par le feuillage de toutes ces plantes qui savent pousser au bord des rivières pour accueillir les amoureux, ils se remirent à parler. Howard voulut encore parler des librairies de Toronto, et Marjorie répliqua qu'il devait y avoir des librairies tout aussi attrayantes ailleurs dans une ville francophone. Montréal, par exemple. Et c'est ainsi que la conversation tourna mal.

Montréal, Howard y connaissait des fournisseurs, des couturiers, des chapeliers, des fabricants de tissu, des grands magasins. Il pourrait lui donner sa liste de gens d'affaires, si un jour elle voulait se trouver un bon emploi. Marjorie, qui continuait à se faire caresser par Howard et qui s'intéressait à la conversation mais difficilement, vu la brûlure intense qu'elle ressentait entre les jambes, s'y intéressa soudain beaucoup plus.

— C'est vrai, je dois travailler, moi, au lieu de rester dans une bibliothèque à regarder des livres.

Howard n'avait pas eu l'intention de l'insulter – et comment pouvait-il savoir qu'il allait l'insulter en parlant de travail ? –, mais il se sentit blessé et voulut l'insulter à son tour.

— Nancy avait les plus beaux seins de la terre, dit-il.

— Lucien savait me faire l'amour comme un homme, lui, au lieu de bavasser. Et puis, il en avait une belle, lui.

— Une belle quoi ? demanda Howard.

— Eh bien... commença Marjorie sans terminer.

Elle aurait voulu dire « queue », mais elle ne connaissait pas le mot en anglais. Elle le lui mima.

— Je n'ai pas apporté mon dictionnaire français-anglais, dit Howard en voulant faire le fin finaud. Je ne peux pas m'imaginer le mot que vous tentez de me faire comprendre.

Quand on ne sait pas les mots, il reste les choses elles-mêmes, rétorqua Marjorie. Et d'un geste vif, elle lui empoigna la queue. Howard suffoqua. Il ne s'attendait pas à cela. Il resta là, et Marjorie, qui le tenait fort, le caressa par-dessus son pantalon. Il voulut répondre à sa violence. Levant la jupe, il trouva la culotte et mit sa main par-dessus, puis par-dessous.

Marjorie sut tout de suite qu'il n'avait aucune expérience avec les femmes ; trouva cela normal pour un bloke. N'importe quel francophone, à quinze ans, en savait plus que ce concombre-là. Sa main allait dans tous les sens, comme étonnée de découvrir la moiteur et la douceur d'une femme. Il lui faisait mal, mais elle refusa de le lui dire ; le frotta plus fort. Une minute plus tard – peut-être moins, Marjorie n'avait pas de montre –, il fit un son d'animal, un son guttural, peu attrayant, pas du tout tantalizing ; sa tête se révulsa. Marjorie vit qu'il avait du gras sous le menton ; et il nomma Dieu à trois reprises.

— Bonne chose de faite, dit Marjorie en s'asseyant.

Elle remit son soutien-gorge d'où sortaient quelques brins d'herbe, son petit chandail fripé.

— Ça doit être agréable de parler au bon Dieu. J'aurais voulu ça, moi, parler au bon Dieu. Lucien savait ce qu'il fallait faire pour que je parle au bon Dieu. C'était un homme, lui.

Howard était étalé par terre, jouissant de la chaleur de l'herbe, du soleil qu'il entrevoyait entre les feuilles d'un buisson, de la nature, qu'il connaissait peu ; et du sentiment merveilleux d'avoir atteint le divin. Il n'entendit pas Marjorie, ou s'il l'entendit, il en fit peu de cas. Et lorsqu'il vit qu'elle partait, il se dit qu'elle n'irait pas bien loin. Où pourrait bien aller une femme seule ? Il lui fallait quelqu'un pour l'accompagner, pour retourner au magasin. Il ferma les yeux.

⋮

Quand enfin il reprit ses sens, il comprit que Marjorie avait détalé. Il se leva et fouilla l'horizon. La silhouette de la jeune femme se détachait sur la route. Il cria :

— Marjorie !

Mais elle était trop loin et elle ne l'entendit pas ; ou du moins, si elle l'entendit, elle en fit peu de cas. Il dut se mettre à courir pour la rattraper. Cela faisait plus de vingt ans qu'il n'avait pas couru.

« Ah, se dit-il, c'est un peu comme la bicyclette : on n'oublie jamais. »

Il continuait à crier le nom de Marjorie, et lorsqu'elle l'entendit, ou lorsqu'elle daigna lui montrer qu'elle l'avait entendu, elle se mit à courir à son tour. Pour elle, la course, c'était plus facile : il lui arrivait parfois de courir sans raison, pendant ses marches, juste parce que ça lui faisait du bien. Elle avait donc une bonne longueur d'avance. Mais elle se retourna et vit que Howard traînait de la patte ; et qu'il courait mal. Elle ralentit.

Lorsqu'il la rattrapa, il avait les poumons en feu.

— Marjorie, dit-il, pourquoi êtes-vous partie ?

Il la regarda du coin de l'œil et vit qu'elle avait pleuré. Pas des larmes de tristesse, non, des larmes de rage.

— Je m'en vais à Montréal. Je suis en beau maudit, de me faire traiter comme ça.

— À Montréal ?

— Oui, puis pas pour bouquiner.

— Ah ? dit Howard, complètement désemparé.

— Je vais travailler.

Elle pointa vers la rivière.

— C'est par là-bas, Montréal. Je cours vite – pas mal plus vite que toi. Si j'arrive vendredi, je peux commencer à travailler samedi. J'aurai ma première paye dans une semaine. En attendant, je vais coucher sur les trottoirs. Heureusement que c'est encore l'été.

Ah, se dit Howard, cette Marjorie était une enfant. Il se demanda s'il devait lui faire part de sa réflexion, décida que oui, et le lui dit.

— Et je ne comprends pas pourquoi vous êtes partie. Nous étions bien, sur l'herbe.

— Oui, toi, tu étais au paradis. Mais moi ? Ça ne marche pas comme ça, avec moi. C'est mal élevé.

— Que voulez-vous dire par mal élevé ?

— Tous les francophones de la terre savent ça : c'est la fille en premier. C'est ça, la politesse des francophones. Moi aussi, j'aime le paradis. Et puis, juste quand je commençais à mouiller fort, tu me parles de Montréal, des fournisseurs et de ta liste. C'est bien correct. C'est à Montréal que je m'en vais.

— Je n'aurais pas dû parler de ma liste ? Mais vous savez que je ne peux pas vous garder comme employée. C'est une idée de ma mère. Je n'ai pas du tout l'intention de vous épouser.

— Bien, moi non plus, je ne veux pas te marier ! Mais j'aurais aimé ça, pouvoir jouir un peu. Ça s'adonne que j'aime ça.

— Ah...

Howard n'y avait pas pensé.

— Si ce n'est pas dans ton *Citizen* ou ton *Journal*, pour toi, ça n'existe pas.

— Mais – et Howard eut un sursaut de franchise –, je ne sais pas du tout comment faire !

— Je comprends, répondit Marjorie en se calmant un peu. J'avais remarqué. Ça s'apprend.

— Ah ? dit Howard, d'une voix qui ressembla plus à un coassement qu'à un mot formé de lettres identifiables.

— Oui, répéta Marjorie.

Comme il n'y avait ni fourré ni buisson, et que des voitures passaient de temps en temps, Marjorie dut dire au lieu de faire.

Ce qu'elle expliqua bouleversa Howard : elle lui parla de bouton d'or, d'intérieur, de chaleur, de frottements, de doigts et de langue, de pression, de vitesse d'exécution. Marjorie ne connaissait pas les mots qu'il fallait, ni en français ni en anglais, mais elle savait la méthode. Et à force d'expliquer, elle s'anima, et elle recommença à mouiller. De son côté, pour Howard, ça bandait pas mal fort. De plus en plus troublé, il réussit à articuler :

— Il faudrait trouver un buisson.

— Non, dit Marjorie tout aussi troublée que lui. Je ne veux plus. Les femmes faciles, on est comme ça : des fois, on devient difficiles. Je m'en vais.

— À Montréal ?

— Non, chez moi.

— Je vous accompagne.

— Non, toi, tu rentres chez toi.

— Je ne peux pas laisser une jeune femme marcher si loin !

— Tu ne sais même pas où j'habite. Rentre donc chez ta mère.

Howard eut un éclat de sagesse.

— Mais... et l'enfant ?

— S'il est accroché, il n'y a rien pour le faire décrocher. S'il est mal accroché, un pet peut le faire décrocher. Rentre donc chez toi.

Encore une fois, Howard eut l'air désemparé.

— Bon. Tu ne sais pas comment rentrer chez toi ?

— Non, et j'aimerais bien que...

— C'est bien correct, dit Marjorie en le coupant. Je vois qu'il faut donner des directives pour tout au roi Howard.

Elle lui indiqua qu'il n'était pas très loin de la rue Bank, et que de là il fallait aller tout droit jusqu'à ce qu'il reconnaisse une maison, une boutique ou un arbre ; tourner à gauche et rejoindre Bronson. Un enfant pourrait retrouver son chemin.

— À demain, dit Howard.

— Demain, je ne vais pas travailler. Ni après. C'est fini, pour moi.

— Mais vous deviez travailler jusqu'à vendredi ! Que dira ma mère ?

— Elle dira que tu es un bon à rien. Tu pourras

aussi lui dire que tu ne sais ni faire l'amour ni trouver ton chemin tout seul.

Ça se corsait pour Howard. Il n'était pas particulièrement attaché à cette fille, du moins, pas tellement – s'il avait pu faire l'amour à Nancy en plein air comme il venait de le faire avec Marjorie! –, mais il ne voulait pas décevoir sa mère. Il voulait attendre à vendredi pour lui dire que la fille ne faisait pas l'affaire, qu'elle était trop vulgaire, qu'elle travaillait trop mal – de cela, il n'en était pas certain, puisqu'il n'avait pas encore vu Marjorie travailler – et qu'il préférait engager quelqu'un d'autre.

— Ça ne sert à rien d'attendre, dit Marjorie, tu vas la décevoir de toute manière.

— Non, je vais la décevoir vendredi, tel que prévu.

Marjorie aimait bien Mrs Virginia, mais de là à se taper le fils pendant encore deux jours...

— Bon. D'accord. Pour ta mère. Puis, méchamment: J'ai hâte à ce soir. Je vais faire l'amour avec Aldonis. Au moins, les francophones, ils savent où trouver le bon bouton.

Howard avait chaud, il avait faim, il ne savait pas où il était; son érection s'était ramollie, mais pourtant, il se sentait tout à fait bien. Justement, il se souvenait de boutons de gants bleus ravissants qu'il avait vus à Montréal l'année précédente. Des petits boutons en forme de pétale de fleurs, très élégants, d'un bleu prononcé, un bleu de minuit foncé que toute femme aurait été ravie de porter. Marjorie avait chaud et soif, elle était au bord de la nausée, mais elle aussi se sentit étrangement bien. Elle reprit la conversation – le bleu, c'est un point de départ comme un autre pour parler de tout et de rien – et se lança dans la couleur d'un chapeau qu'elle avait vu à Hats for Ladies : si elle en avait porté, elle aurait choisi celui-là. Howard ne voyait pas duquel il s'agissait ; elle le lui décrivit en détail. Ah, dit Howard, il s'agissait d'un chapeau qu'il avait ramené de Toronto, un modèle de 1948 que personne n'avait encore acheté. C'était bien dommage, rétorqua Marjorie, le bleu était sa couleur préférée. Il s'avéra que le bleu était également la couleur préférée de Howard. Puis ils lâchèrent le bleu et parlèrent d'autres couleurs, puis de tissu, puis d'autres choses tout aussi frivoles ; et le temps fila.

Il n'est pas si laid ni si gros que ça, se dit Marjorie pendant que Howard pérorait au sujet d'un pilote de guerre flamand dont personne n'avait entendu parler, ce qui était déplorable considérant ce qu'il avait fait pour son pays, pour les Alliés, donc pour la fin de la guerre. De son côté, Howard se dit que Marjorie était moins vulgaire qu'il ne croyait – il la soupçonnait d'en rajouter pour prétendre le dominer –, surtout en cet instant précis, alors qu'elle parlait d'un bébé mort-né qui avait donné des conseils surprenants de délicatesse à sa mère éplorée, par la bouche du père Chalifoux, un homme d'une onctueuse brutalité, d'après ce qu'il comprenait. Oui, Marjorie avait une profondeur particulière, et parlait des choses de l'au-delà de façon terre à terre, naturelle, sans qu'il n'y ait rien de terrifiant ni même de bizarre à mentionner les conseils de vie d'un bébé; comme s'il s'agissait de nouvelles ou d'éditoriaux dans le style de ce qu'on pouvait lire tous les jours dans le *Citizen* ou le *Journal*. Elle banalisait la mort, ce qui était fort intéressant, surtout d'un point de vue religieux, d'après Howard.

Ils n'avaient pas encore épuisé un sujet qu'ils avaient enchaîné sur autre chose; et le désir leur revint. Mais Marjorie en eut soudain assez de passer d'une émotion violente à une cordiale conversation. Avec le désir, cela devenait tout simplement insoutenable.

— Bon, dit-elle, j'ai un rendez-vous avec Aldonis.

Howard eut un léger pincement au cœur, mais si léger qu'il le prit pour de la faim, ou peut-être pour du dédain.

— Excellent, dit-il. À demain.

Et même s'ils en auraient eu encore long à dire au sujet d'une idée, d'une phrase, d'une réflexion sur un objet, un événement ou un lieu, ils se tournèrent le dos et s'en furent chacun de leur côté.

Mercredi, encore
- (C'est une longue journée) -

Chalifoux observait Aldonis. Se demandait si Marjorie ne lui avait pas menti – aurait-elle déjà couché avec ce colon ? Espérait que oui, espérait que non. Voulut l'éprouver pour se divertir.

— Bon, dit-il. D'habitude, quand je parle, ça coûte cher. Mais vu que tu es « l'ami » de ma fille... Et si j'appelais ton père ?

— Mais il est mort ! répondit Aldonis, terrifié.

— Je lui ai parlé la semaine dernière. Ça a l'air que ça se passe bien, pour lui. Tu es certain que tu ne veux pas lui dire bonjour ?

Mauvaise question, qui obligeait Aldonis à dire « Non, je ne veux pas parler à mon père » et à passer pour un mauvais fils. Mais il avait peur du mort, bien qu'il soit de sa parenté ; ne voulait pas que ça se sache.

— Une autre fois, peut-être, dit-il en bredouillant.

166

— Tu aimerais faire ça une autre fois, c'est ça que tu essayes de me dire ?

— En plein ça.

— Bon. C'est vrai que tu attends une fille, dit Chalifoux, conciliant. Ma fille.

— Oui, dit Aldonis, un sentiment de terreur s'infiltrant de plus en plus en lui.

Normalement, un père aurait dû dire : tu y feras attention ; ne touche pas à un seul de ses cheveux ; dans ma carabine il y a une balle avec ton nom gravé en lettres rouges. Ne pouvant rien interdire, Chalifoux changea de sujet.

— Tu travailles au journal ?

— Oui.

— C'est payant ?

— Pas maintenant, mais peut-être plus tard…

— Il ne faut pas dire peut-être. Quand un homme veut faire de l'argent, il doit être sûr de son coup. Un petit salaire de débutant, c'est quand même un salaire. Je vais te poser la même question – je te donne une chance, à cause de ton père. On va voir si tu es capable d'apprendre une leçon… Puis, ton emploi, c'est payant ?

— Oui.

— Tant mieux. Je vais dire à ton père de ne pas s'inquiéter pour toi. Puis tu diras ça à ta mère : consultation gratuite aujourd'hui chez Chalifoux. Tu peux me remercier.

— Merci.

Il avait fini de rigoler. C'était son futur gendre, après tout ; devait le ménager jusqu'au mariage, puis adieu ! Peut-être qu'il aurait à l'endurer une ou deux fois par année – pour le baptême de son bâtard, certainement. Et à Noël. Pas plus que ça. Non, câlisse de câlisse, pas plus que ça.

Parla alors sérieusement : avenir de l'homme qui travaille. Le métier. L'argent. Chalifoux lisait peu dans l'avenir, mais il pressentait qu'Aldonis aurait une bonne vie, s'il choisissait la bonne fille.

— Tu connais d'autres filles ? demanda-t-il à brûle-pourpoint.

— Pas vraiment.

— Ça veut dire oui. Qui ?

— Oh, dit Aldonis en s'agrippant à l'idée qu'il allait pouvoir sortir de là vivant, que Chalifoux le voulait comme gendre, gendre vivant, pas gendre mort...

— Une fille d'ici ?

— Peut-être... Non.

Puis, pour que Chalifoux lui sacre la paix, il lâcha le morceau : Rosilda.

— Ah bon, dit Chalifoux. Rosilda... Je ne la connais pas, mais un homme est mieux avec une fille sérieuse dans son lit – pas une pitoune qui vous suce toutes les chances de succès.

Puis, presque distraitement : « Sérieuse, qui connaît sa place. »

Et il se tut.

Il se peut qu'à ce moment-là, alors qu'il observait un imbécile s'agiter sur sa chaise, il se peut bien qu'il ait décidé que les histoires des jeunes, c'était du passé, pour lui. Qu'en fait, toutes les histoires, des jeunes ou des vieux – histoires de cul, d'amour, de petites vies merdeuses, d'avenir tronqué, aventures de trottoir, d'amitié ou de haine… –, que toutes ces histoires-là avaient cessé de lui appartenir. Qu'il devait se détacher du sort de son prochain, qu'il n'avait jamais supporté de toute manière. Qu'il allait le sacrer là, son prochain, pour s'occuper un peu de lui, Chalifoux.

Aldonis trouvait le silence insupportable ; aurait voulu partir, mais avait peur du père vivant de Marjorie autant que de son père mort. Songea alors à Rosilda, planche de salut, beauté du ciel, lumière de joie.

Il l'avait vue la veille.

Les lèvres de Rosilda – quelles lèvres ! Une invitation à savourer ! Il ne savait pas quand il la reverrait. Il croyait l'avoir entendue parler de vendredi, mais il était possible que ce fût aussi samedi. Impossible de s'en souvenir, par la très grande faute de Rosilda, qui lui avait arraché le souffle vital par quatre fois, toutes plus spectaculaires les unes que les autres ; et son esprit s'y attarda.

Et pendant que l'un rêvait de sexe et que l'autre rêvait de fuite, Marjorie se faufila dans la pièce, aussi silencieuse qu'une revenante.

⋮

— Ma fille arrive, dit Chalifoux en se secouant de sa torpeur malveillante.

Marjorie se glissa dans la pièce ; avec elle, sa longue, longue journée, et la certitude absolue que sa vie était foutue.

— Salut, Aldonis, lui dit Marjorie sans une once d'amitié ni d'enthousiasme.

— Tu rentres tard, dit Chalifoux.

— Depuis quand tu t'en soucies ?

— Ne recommence pas à me parler comme ça ! grogna-t-il.

Et, du ton doucereux de la confidence : « Tu vas faire partir ton amoureux ». Marjorie en frémit, de voir son père si près d'elle, comme si elle avait soudain de l'importance, qu'elle comptait dans sa vie, qu'ils regardaient ensemble vers l'avenir. Qu'ils avaient un but commun.

— Ce n'est pas mon amoureux. C'est juste un gars.

Chalifoux renifla l'air : ça sentait les complications. Refusa de s'y attarder.

— Allez donc manger. Marjorie a faim, ça paraît sur son visage.

— Oui, dit Aldonis.

Il se sépara mentalement de Rosilda. Leva les yeux

vers Marjorie. Ne l'avait pas vue depuis dimanche. Fit malgré lui une grimace. Oh boy. Puis, comme une litanie optimiste, il se répéta silencieusement le nom de Rosilda; pour conjurer le mauvais sort.

La fille à Chalifoux, ce n'était pas le diable, mais presque : c'était sa promise, affamée et épuisée, cheveux sales, vêtements crassés de boue sèche et d'autre chose – surtout, ne pas penser à cette autre chose –, qui venait l'arracher des bras de Rosilda, l'enterrer dans une vie revêche comme un désert. L'apocalypse. Dans la nuit noire, elle lui avait semblé pas trop pire, pas vraiment moche, mais maintenant, à la lueur du jour couchant, avec ses cheveux comme des guenilles autour de son visage... De l'amour entre eux deux, ah non, il n'y en aurait jamais.

Marjorie le vit bien, qu'il la trouvait laide à présent ; le trouva fort laid aussi ; et mou ; motte de margarine sur un calorifère en hiver ; coulant.

— Je n'ai pas faim, rétorqua Marjorie.

— Pas grave, dit Chalifoux. Va dehors avec ton amoureux. Vous aviez des plans, il faut les respecter.

Puis, d'un ton plus grave, à Marjorie :

— Je ne peux pas être plus clair que ça, sacrament. C'était exact.

⋮

Ils firent un pas, deux pas, et Marjorie se dit qu'elle allait tomber dans les pommes.

— Je n'en peux plus, moi, de marcher. J'ai marché toute la journée.

— Bon, dit Aldonis sans la regarder. On peut remettre ça à une autre fois.

— Non, dit-elle.

— Bon, dit Aldonis. On va où ?

— En tout cas, je ne reste pas dehors. C'est là où j'ai passé ma journée. Je suis tannée de l'herbe, de l'eau. Plus capable, la rivière.

— Au « diner », d'abord ?

— Pas faim.

— Bon, bien retourne donc chez toi, Marjorie Chalifoux.

Il avait dit cela d'un ton à peine irrité, simplement un peu las de jouer à des jeux de fille avec cette petite-là, alors qu'il venait de passer une nuit entière à jouer à des jeux d'adulte avec Rosilda, autrement plus femme. Il se remit à penser à elle.

— À quoi tu penses ? demanda Marjorie.

— À... Madeleine.

— Ah. Tu as couché avec elle ?

— Oui.

— Bonne affaire de faite. Moi, j'ai couché avec mon patron.

« Encore une fois aujourd'hui, se dit-elle, je parle

de cul avec un homme quelque part sur le coin d'une rue. »

— Et si on allait chez toi ? Ta mère est partie chez ta tante, non ? Puis tes deux frères se crissent de toi, non ?

— Bien oui, mais ça ne veut pas dire qu'on peut y aller.

— Veux-tu retourner chez mon père ?

Et comme Aldonis avait eu sa dose de Chalifoux, que Marjorie semblait au bord de l'épuisement et qu'ils ne savaient vraiment pas où aller, il soupira et dit « OK ».

Les yeux du quartier les suivirent probablement, et il y eut derrière certaines fenêtres des jugements irrévocables ; et aussi des gens qui pensèrent que la fille du médium était une putain, et que le plus jeune fils Gauthier était un abruti pour avoir choisi cette fille-là entre toutes.

Certains, aussi, les regardèrent sans les juger.

Parce qu'après tout, la vie des autres n'est jamais aussi passionnante que sa propre vie – et même ceux qu'on croit tout entiers absorbés par les potins, les méchancetés, les commentaires terribles qui pourraient écraser tout un peuple, une civilisation, l'humanité, ceux-là finissent eux aussi par revenir à leurs propres pensées, à la vaisselle qu'ils n'ont pas faite, aux enfants qui grandissent, à leurs rides qui se creusent et aussi à la douceur de vivre, surtout un soir de fin d'été à Ottawa, alors que l'air est si doux qu'on s'y coucherait comme dans un nuage.

⋮

Il n'y avait personne chez les Gauthier mais, par prudence, Aldonis et Marjorie foncèrent dans la chambre d'Aldonis. Fermèrent la porte.

C'était une petite chambre : un lit, une chaise, une commode. Des draps bien blancs sur le lit. Marjorie se souvint de madame Gauthier et de sa nuit de noces ; son bestiaire nuptial ; son amour pour son défunt mari.

— Ça sent le bonheur, ici, dit-elle.

Aldonis s'était assis sur le lit. Il ne pensait pas du tout au bonheur.

— Bon, dit Marjorie. Tu peux te confesser. Il t'a dit quoi, mon père ?

— Il a voulu appeler le mien.

— C'est ça qui te fâche ?

— Je ne suis pas fâché.

— C'est ta Madeleine, alors.

— Rosilda. Puis non, ce n'est pas ça.

— Alors ?

— Toi et ton père...

— Quand il parle, le monde a les entrailles virées à l'envers. Je le sais bien trop.

— Il m'a dit que je devrais penser à du vrai, à du concret, au lieu d'avoir la tête dans les amours et la queue entre les mains des filles – il ne l'a pas dit comme ça, mais tu me comprends.

Marjorie, ça la mit en tristesse, les mots de son père. Il avait raison, comme toujours. C'était vrai pour l'amour, c'était vrai pour le chèque de paye, c'était vrai pour les morts. C'était vrai qu'oublier était mieux que de se trouver complètement pogné dans le passé comme Philéas, qui n'allait jamais réapprendre à vivre. Dutil avait compris, lui : il fallait aimer, mais seulement après les heures de travail, et pas tous les jours. Et si on perdait ce si précieux amour, ma foi du bon Dieu, on n'avait qu'à le remplacer.

Oui, il avait raison... Mais comment oublier Lucien ?

— Ah, dit Aldonis. Ton Lucien, tu l'aimais vraiment.

— Puis ta Rosilda ? demanda Marjorie.

Elle avait eu un sanglot dans la voix – mais si léger ! si anodin ! – un peu à cause de Lucien, un peu à cause d'Aldonis, qu'elle avait commencé à aimer cinq jours plus tôt, d'un amour minuscule, amical, aimable, le genre d'amour qui fait du bien.

— Rosilda...

La voix d'Aldonis traîna sur la dernière lettre, devint un gazouillement presque joyeux, puis une plainte amoureuse, un soupir, le calvaire de l'absence.

— Bon, dit Marjorie. Rosilda, ce n'était pas pire.

— Pas pire pantoute.

Et ils se mirent à rire. Ça n'allait pas fonctionner, l'amour. Il y avait eu une petite flammèche entre eux, mais il fallait se rendre à l'évidence : ils étaient plutôt copains, comme deux petits chiens qui se rencontrent, qui se reniflent le derrière avec délectation mais qui passent rapidement au prochain cul, celui d'un autre petit chien tout aussi mignon, qui se dandine si adorablement qu'il est impossible d'y résister.

Assis sur le lit si blanc, aux draps qui sentaient déjà l'amour, ils se racontèrent la nuit de l'un et la journée de l'autre. Rosilda était comme une tornade de feu ; Howard un intellectuel incompétent. Rosilda lui avait léché les couilles ; Howard n'avait rien léché du tout. Rosilda lui avait frappé les cuisses de ses seins – c'était étrange mais quand on est fou de désir, même l'insolite devient raisonnable. Howard la faisait parler ; et quand elle parlait, elle mouillait.

— Ah ? demanda Aldonis, très intéressé. Et si je te faisais parler, tu pourrais mouiller ?

— Oui, dit Marjorie.

Elle lui prit les mains, en mit une sur un sein et l'autre sur son sexe, et lui dit sévèrement :

— Les filles en premier.

Aldonis était d'accord. Il reprit le contrôle de ses

mains et la déshabilla tranquillement, en soupirant d'aise comme lorsqu'on fait un ouvrage nécessaire mais pas désagréable – quand on accroche le linge sur la corde, par exemple ; peut-être bien qu'il s'agit d'une tâche que plusieurs pourraient qualifier d'ingrate, mais le linge mouillé sent bon l'été et la chaleur, un petit vent coquin soulève les bobettes et les fait claquer de bien-être.

Marjorie passa donc en premier. Aldonis avait appris une ou deux nouveautés, qu'il fut content de partager avec elle. Et, bien qu'elle ait été fatiguée par sa journée, épuisée par la marche, fourbue de paroles et d'idées, elle se cassa presque le dos en deux sous l'effet du plaisir ; puis elle voulut donner son tour à Aldonis.

— Mais... dit un Aldonis en copain émoustillé mais inquiet, est-ce que ça comptera ?

— Il n'y a plus rien qui compte, répliqua Marjorie.

C'étaient des histoires d'autrefois, ça, qu'on pouvait faire avaler à n'importe quel téteux venu. Dad et Mrs Virginia pensaient que les gars allaient dire « Oui, monsieur, Oui, madame, j'ai bien compris, si je couche avec votre fille, il faut que je l'épouse, même si elle est enceinte jusqu'aux oreilles ». Mais les jeunes d'aujourd'hui étaient plus intelligents, ils savaient par exemple qu'une fille enceinte n'allait pas tomber enceinte une deuxième fois, le sperme de l'un par-dessus le sperme de l'autre pour faire des jumeaux ; et que quand une fille était enceinte, elle pouvait faire l'amour tant qu'elle pouvait avec toute la ville d'Ottawa, son enfant était et resterait l'enfant de Lucien.

— Bonne nouvelle, répondit Aldonis en futur journaliste.

En la pénétrant, il songea à Rosilda, qu'il allait revoir demain ou après-demain, avec laquelle il allait faire l'amour toute la nuit, puis le jour d'après, puis encore et encore. Parce que, même s'il aimait bien faire l'amour avec Marjorie, il préférait Rosilda.

Et Marjorie, qui avait rêvé de retrouver en elle la chaleur d'un homme, fut prise d'un frisson de joie. Elle songea à Howard, qui n'avait pas su la faire jouir comme tous les francophones savaient le faire – mais il la faisait parler, autant que Mrs Virginia – et comment se faisait-il qu'elle, Marjorie Chalifoux, couturière si paisible, si muette, immobile, comment se faisait-il qu'elle était si jacasse avec ces deux moineaux-là ?

Encore une fois, Marjorie passa la première, Aldonis quelques secondes plus tard. Avant de s'effondrer sur les draps froissés et trempés, ils eurent chacun le temps de se dire que, puisque le paradis venait d'être conquis, rien d'autre ne pourrait les empêcher de dormir. Pas une parole, pas une caresse, plus un seul petit murmure de rien du tout.

Un autre jeudi
- Une autre conquête -

Le lendemain matin ressembla à la veille : quelques
mots, quelques déclarations solennelles sur Rosilda et
quelques paroles blasées au sujet de Howard ; deux ou
trois becs prolongés, quelques caresses, une bonne
pénétration puis un au revoir. Mais cette fois, au lieu
de se dire à demain, ou peut-être à après-demain ou à
la semaine prochaine, ils se dirent merci beaucoup,
salut bien, et bonne et longue vie à toi.

En sortant de chez les Gauthier, Marjorie sentait
l'amour à plein nez, son chandail était à l'envers, sa
jupe encore mouillée, et elle avait oublié ses bobettes
chez Aldonis. Elle regardait chaque fenêtre avec un
grand sourire. Ils allaient tous savoir – tous, les
coiffeurs et les pâtissiers, les Dutil et les Philéas, les
Jean-Guy et les autres, les Rosilda et les Madeleine –
que Marjorie avait connu une nuit d'amour avec le
bel Aldonis ; et elle jubilait, mais à sa façon,

c'est-à-dire en marchant lentement, son regard plongé dans les maisons de la rue Guigues, de la rue Parent, de la rue Clarence, jusqu'à l'appartement, où elle ouvrit la porte comme une déesse guerrière revient chez elle après un long voyage.

Elle ne vit pas son père, qui d'habitude prenait son café à cette heure. Elle se glissa dans la salle de bain et se lava, puis alla se changer dans sa chambre. Quand elle en sortit, Dad était dans la cuisine, courbé sur la table.

— Je viens de me réveiller, dit-il.

Il avait l'air plus fatigué que sa fille enceinte, et découragé. Mais avec son fiel habituel, il demanda :

— Puis ?

C'était une question qui voulait tout dire et que Marjorie comprit immédiatement. Mais elle comprit également que Dad ne savait pas qu'elle avait découché ; et qu'il ne saurait jamais qu'elle avait fait l'amour avec Aldonis.

— Non, répondit-elle.

— Ah.

Chalifoux avait dormi comme une brute. Couché tôt, il avait lutté pour se réveiller. Sa première pensée avait été pour sa femme, qu'il aurait gardée au lieu de Marjorie – d'ailleurs la plupart des hommes préfèrent une femme adulte, qui sait les appuyer ou du moins les endurer, à un nouveau-né qui ne sert à rien, sauf à chier et à faire chier. Puis il repensa à ce qu'il avait dit à Aldonis. Il se félicita : c'était réussi, son discours sur l'amour. Si le jeune n'était pas trop borné, il comprendrait que Marjorie était celle qu'il fallait épouser, pas sa Rosilda. Des Rosilda, il en avait connu, des mortes comme des veuves. Des femmes faites pour l'amour et pour le cul, qui vous dévorent un homme en quelques mois ou en quelques années, qui les rongent de l'intérieur comme un ver sait ronger le cœur d'une pomme.

Chalifoux ajouta :

— Bon. Tu n'es pas baisable. C'est simple. Pas baisable.

Marjorie aurait pu répliquer que son ventre était la preuve du contraire, et qu'elle avait au contraire baisé avec Aldonis, et un peu avec Howard, et beaucoup avec un ou deux jeunes du quartier, et qu'elle était tellement baisable que plusieurs en avaient redemandé ; et Lucien, qui la trouvait tellement baisable qu'ils couchaient partout où ils pouvaient. Mais elle ne dit rien, comme elle ne lui avait jamais parlé de rien.

Elle n'avait toujours pas faim. Une légère nausée lui tournait le ventre. Et puis, c'était l'heure d'aller travailler. Elle alla dans la salle de bain, se regarda dans le fragment de miroir accroché sur le mur et se fit un sourire. Puis elle repassa par la cuisine et dit au revoir à son père.

Chalifoux, s'il avait su que c'était la dernière fois qu'il voyait sa fille, il aurait peut-être répondu. Et s'il avait été meilleur – un cœur plus tendre de papa-sucre-à-la-crème peut-être –, s'il avait connu des instants d'émerveillement face à sa propre fille, si forte, si vivante, si pleine de ressources, il aurait peut-être trouvé quelque chose à répondre ; une petite phrase de rien du tout pour laver l'insulte. Mais pour lui dire quoi ? Elle n'était pas baisable, et son Aldonis s'était envoyé en l'air avec sa Rosilda. Il l'avait élevée par devoir ; et ce qu'il n'avait pas pu lui donner – la chaleur d'un vrai foyer, l'amour d'un père et d'une mère, les paroles de sagesse… –, eh bien, c'étaient les morts qui le lui avaient fourni.

— Bye, Dad.

⋮

Lorsqu'elle entra dans la bibliothèque, Howard avait le visage neutre de celui qui croit savoir maîtriser ses émotions, comme s'il était non seulement détaché de lui-même mais du monde entier.

— J'étais en train de terminer la liste.

Marjorie alla voir : il y en avait trois pages. Elle eut une montée de douleur et de colère face à ce crétin qui se croyait tellement meilleur qu'elle parce qu'il avait une longue liste de fournisseurs et de contacts d'affaires; et une bibliothèque; et un père riche en Angleterre; et une mère un peu bizarre mais riche, elle aussi. Marjorie n'avait rien, à part le linge qu'elle avait sur le dos, quelques vêtements dans sa commode et un vieux manteau d'hiver; et rien d'autre dans l'appartement de son père, ni livre ni bibelot, juste des aiguilles et du fil. Et même son père ne lui appartenait pas, dans le sens qu'on sait instinctivement que c'est notre père, qu'il nous appartient vraiment parce qu'il nous a donné son cœur, sa tendresse et la certitude qu'aucun cataclysme ne pourra jamais couper le fil d'amour qui nous relie à lui; et ce père-là, on le pleure quand il meurt, puisqu'il était à nous et que maintenant on ne l'a plus.

Elle alla chercher des guenilles, la bouteille du fameux vinaigre blanc qui sentait les œufs et un seau d'eau; retourna dans la bibliothèque. Il y avait du travail à faire, de la poussière partout. Personne ne nettoyait la bibliothèque, la mère n'y entrait jamais et Howard n'aurait pas su faire la différence entre un plumeau et un balai.

Howard regarda nonchalamment Marjorie, qui commençait à s'affairer avec son torchon et son seau d'eau dans lequel elle avait déversé toute la bouteille de vinaigre, et décida que c'était peu intéressant. Trouva *The Citizen* et s'affaissa dans son fauteuil. Pourtant, quelques minutes plus tard, il leva les yeux :

Marjorie époussetait. Il se plongea dans sa lecture.

— C'est sale en maudit, ici, dit Marjorie à voix très haute.

Elle avait bien dormi, n'avait plus la nausée et époussetait avec énergie. Son Aldonis, si seulement elle avait pu l'aimer, en y mettant du sien, en forçant un peu, en ignorant son genre de personnalité d'entre-deux, indolente, engourdie... Mais il avait un quelque chose d'indéfinissable qui faisait qu'elle n'en aurait pas été capable. Sa façon de se tenir, peut-être, droit, mais dans l'expectative, comme s'il attendait de façon passive ce que la vie pouvait lui offrir au lieu de chercher lui-même à aller de l'avant, à décider. Il était comme un joueur de balle qui n'aurait appris qu'à recevoir, et pas du tout à lancer.

Et maintenant, qu'allait-elle faire ?

— La liste, je peux la regarder ? demanda-t-elle.

— Oui, tout à fait, répondit Howard, le nez encore dans son journal.

— C'est qui, tout ce monde ? demanda Marjorie en examinant les feuilles de papier.

— Mes contacts d'affaires.

— On dirait des noms de magasins.

— C'est bien ce que je dis. Je n'ai pas de fournisseurs. Ce que j'aime, c'est rendre visite à des gens que je connais, dans des boutiques que j'aime, pour acheter des chapeaux et des gants pour mes clientes.

Marjorie fronça les sourcils. Il lui semblait qu'on pouvait faire les choses autrement, de façon moins laborieuse.

— Et alors ? Je suis riche. Toronto est une belle ville. Montréal un peu moins, mais je connais des gens dans l'ouest. Il y a des bouquineries. C'est surtout cela qui m'attire. Les modes, aussi, à l'européenne.

Il se lança dans une longue envolée sur la différence entre les bouquineries des deux villes, celles qu'il préférait, les bouquins qu'il y avait trouvés, les perles rares, l'odeur des livres et du vieux. Il achetait des livres neufs, aussi, bien sûr, il lui fallait bien acheter les nouveautés dont il avait entendu parler ou qu'il connaissait par les journaux. Marjorie lui fit remarquer qu'il ne les lisait pas, ces livres. Ce n'était pas une question de lecture, rétorqua Howard, mais de présence ; c'était ce qu'il lui avait dit hier, mais Marjorie devait avoir la tête ailleurs, elle ne l'avait peut-être pas entendu dire que quelques lignes lui suffisaient pour saisir l'essentiel de la pensée d'un auteur. Quand il était jeune, il lisait les ouvrages du début à la fin, mais avec l'âge, cela n'était plus nécessaire. Il préférait le journal.

Marjorie prit un livre au hasard, lut le titre – *The Origin of Species* – et demanda à Howard de quoi il s'agissait. Howard se creusa la tête et se souvint qu'il s'agissait de singe. Oui, que l'homme descendait du singe. Marjorie prit un autre ouvrage – *The God That Failed* – il y avait six auteurs pour celui-ci, Koestler, Gide... Marjorie trouva que ça en faisait, du monde, pour faire perdre leur temps aux autres. Elle demanda de quelle manière Dieu avait failli. Howard l'ignora ; continua sa lecture. Exaspérée, Marjorie dit :

— Moi, j'ai fait l'amour toute la nuit avec Aldonis. J'ai joui comme une folle.

— Très bien, dit Howard, impassible, vous donnerez naissance à des jumeaux.

— Mais c'est quoi le rapport ? cria presque Marjorie.

— Si vous continuez à coucher avec autant d'hommes, vous allez avoir une portée, comme une chienne. Je dois vous dire que c'est un comportement répugnant. Je vois que les hommes ne sont pas les seuls à descendre du singe. Il y a vous, aussi.

Marjorie ne répondit pas tout de suite. Puis, lentement, d'un air de rage et de triomphe, elle prit un livre et le jeta au milieu de la pièce. Howard n'eut aucune réaction. Marjorie en prit un autre, et un autre, qui se retrouvèrent également sur le tapis.

— Qu'est-ce que vous faites ? demanda Howard, toujours imperturbable.

— Je nettoie. Les livres, ça fait de la poussière. Il y en a partout.

— Excellent, dit Howard. Je vous paye pour travailler, pas pour vous vanter de vos coucheries.

— Je vais tous les sacrer par terre, tes livres de singe et de Dieu.

— Il y a de la politique, aussi.

— Par terre.

— De l'astronomie... Et de l'horticulture... De l'histoire...

Au fur et à mesure que Howard énumérait ses intérêts, Marjorie prenait les bouquins et les jetait par terre, d'abord rageusement ; puis systématiquement. Il y en eut bientôt une grosse pile au milieu de la pièce, les pages pliées, les couvertures enfouies par d'autres couvertures, les titres écrasés par d'autres titres. Elle voulut atteindre une grosse brique qui la narguait par ses centaines de pages et sa couverture mauve.

— Il y a une échelle, dit Howard, toujours plus calme que l'eau la plus tranquille qui n'aurait pas un seul petit misérable courant sous la surface.

— Bon.

Elle alla chercher l'échelle, y grimpa ; fut ravie de voir qu'elle pouvait attraper toutes les tablettes du haut ; continua son travail avec énergie.

— Vous allez devoir les remettre sur les étagères, éventuellement.

— Pas sûre, dit-elle.

— Bien. Alors je suis dans l'obligation de vous mettre à la porte.

— Tout de suite ?

Howard ne savait pas. Il avait levé les yeux et regardait les jambes de Marjorie. C'était curieux, ces jambes, pas du tout des jambes de femme, du moins pas telles qu'il s'était imaginé des jambes de femme ; non. C'étaient plutôt des jambes d'animal – lequel, il n'aurait pas su le dire –, vraisemblablement faites pour sauter d'un arbre à l'autre – oui, des jambes de guenon, musclées, aux tendons assouplis par l'exercice. Il n'en avait qu'un aperçu, des chevilles au genou. Plus haut que les genoux, il y avait une ombre qui commençait à le troubler.

— Bon. Je suis virée, c'est ça ?

Elle aussi s'était mise à le regarder, mais comme son regard à lui s'était arrêté aux jambes, il ne se rendait pas compte qu'il était observé. Un drôle de bonhomme, ce Howard. Dans son monde à lui. Mais avec quelque chose d'attachant, de terre à terre, malgré tous ses bouquins. Des intellectuels, elle en avait connu quelques-uns chez son père. Des gens comme vous et moi, mais qui ont lu quand ils étaient petits au lieu de courir après une balle, qui ont lu à quatorze ans au lieu de courir après les filles, qui continuent à lire pendant le mariage alors qu'il y a le ménage à faire, et l'éducation des enfants, et puis la vie elle-même, qu'ils n'ont pas pris le temps de regarder en face. Oui, Howard était un peu intellectuel, un peu mou, son visage n'était pas très attrayant – sauf sa peau, une vraie peau de fesse de bébé, douce et rose et charnue. Et le reste – beuh. Un corps un peu gras, mais contre lequel il n'avait pas été trop désagréable, hier, de se blottir. Et une queue très honorable, dont elle se souvenait de façon très exacte. Chaude.

Maintenant, c'était au tour de Howard d'observer Marjorie sans qu'elle le sache. Elle n'avait pas un beau visage, cette Marjorie, non. Pas un beau visage avenant comme celui de Nancy – ça, c'était un visage comme on en voit peu. À vrai dire, il ne devait pas exister de visage aussi splendide que celui de Nancy, ni aujourd'hui, ni demain, ni hier ; même en cherchant dans la mythologie grecque ou dans n'importe quelle civilisation antique reconnue pour la beauté de ses femmes, on ne pourrait retrouver un visage comme le sien, qu'un Michelangelo n'aurait pas su rendre, ou qu'un Shakespeare ou un Walt Whitman n'aurait pas su décrire. Nancy, c'était un visage dont il resterait éternellement amoureux. Et cette Marjorie... quel genre de visage était-ce donc ? Un visage dur, mais intelligent. Oui, presque agréable à détailler. Visage angulaire, fermé par son éducation si étrange, mais sur lequel il y avait tout un monde à deviner.

Marjorie oublia qu'elle croyait avoir été renvoyée, et Howard ne se souvint plus de l'avoir mentionné. Elle retourna à la tâche qui l'occupait et se débarrassa des gros livres d'une tablette du haut, près de la fenêtre ; il retourna à sa lecture. Après le *Citizen*, il voulut prendre *The Journal*. Mais au lieu de se plonger dans ce qu'il aimait par-dessus tout, c'est-à-dire comparer les nouvelles d'après les journaux du jour, il leva les yeux. Dans sa pièce préférée, son refuge, son antre, c'était un véritable désastre. Des livres partout, comme éventrés, assassinés, désacralisés.

— Holy fuck, dit-il, ce qui lui assura, en un éclair foudroyant, qu'il venait de perdre son salut.

Il n'avait jamais dit de gros mot ; s'imagina en enfer avec tous les fornicateurs des temps antiques, modernes et à venir. Tant qu'à faire… Il se leva, effleura du doigt les jambes de guenon. L'ombre sous la jupe semblait dire à ses mains d'y aller, d'explorer ce que les femmes doivent dissimuler, d'aller à l'aventure préparer le terrain pour le plaisir. Marjorie faillit en perdre l'équilibre – des mains de filles, vraiment ; douces ; qui lui firent friser le poil des jambes de surprise. Perchée sur son échelle, elle ferma les yeux et sentit monter une vague de plaisir.

Howard avait commencé à respirer très fort. Ses mains se promenaient sur les jambes de Marjorie avec un bonheur évident. C'était si joli, ces petits poils blonds! Cette jambe était si ferme et si agréable au toucher! Les jambes, c'est bien beau, mais le reste du corps de Marjorie aussi était à explorer. Surtout les fesses, qu'il se mit à observer en relevant la jupe et en respirant de plus en plus fort. Nancy n'avait pas de fesses, croyait-il, elle n'était que visage et beauté. Mais Marjorie semblait avoir un fessier à vous faire damner. L'avait-il observé, ce fessier, hier, alors qu'ils batifolaient dans l'herbe en plein jour devant le monde entier? Non, il ne s'en souvenait pas. Elle devait avoir un arrière-train à l'image de ses jambes : musclé. Pour s'en assurer, il mit la main sur une fesse et crut avoir atteint le summum du bonheur.

Marjorie retint un gémissement. Elle n'allait tout de même pas lui donner la satisfaction de l'entendre plier sous ses caresses – il l'avait renvoyée tout à l'heure.

— Il vaudrait mieux commencer par laver les tablettes, dit-elle simplement.

— Oui, bien sûr.

Il lâcha les fesses de son employée ; soupira.

— Où est le seau ?

— Justement, répondit Marjorie en descendant de son échelle, je le cherche. Si tu le vois, il est à toi.

— Mais il est à moi, même si je ne le vois pas, rétorqua-t-il. Tout ce qui est dans cette bibliothèque m'appartient.

— Pas moi, dit Marjorie d'un ton acide.

— Non, évidemment, répondit-il, agacé.

— Ni mes fesses.

— Vous redevenez vulgaire.

— Mais non, je suis toujours vulgaire.

— Comme vous voudrez.

— Ni mes jambes. Mes jambes aussi sont à moi.

— Absolument, je n'ai jamais douté du contraire.

Ils restèrent plantés comme des piquets, à quelques pieds l'un de l'autre, superbes, croyaient-ils, d'arrogance et de fiel, alors qu'ils étaient encore un peu comme tout à l'heure, avec le désir qui leur coulait dans les veines et l'envie de continuer ce qu'ils avaient commencé.

— J'ai chaud, dit Marjorie tout à coup.

— Il fait toujours chaud en été. Ça me plaît.

— Bien moi, j'ai trop chaud, dit-elle.

Et Howard se surprit à dire, tout à fait contre sa volonté :

— Vous n'avez qu'à enlever vos vêtements. Le tissu de votre jupe est trop épais pour la saison. Votre chemisier est d'un grossier coton. Pas étonnant que vous ayez chaud.

Étonnée, Marjorie rétorqua que le tissu de ses vêtements ne lui importait guère. Howard dit qu'au contraire, le tissu était d'une importance capitale pour une femme, puisqu'une femme bien habillée se définissait par la qualité de ses vêtements – mais il y avait bien entendu plus que la coupe à considérer.

— Prenez la laine, continua-t-il.

Et il lui fit un petit exposé sur les types de laine, le prix de la laine, la différence entre le mérinos et le cachemire, les couleurs des textiles.

— Ah, répondit Marjorie en acquiesçant.

De fait, les tissus avaient toujours fait partie de son quotidien. Elle avait eu entre les mains tant de vêtements à recoudre, de jupons à refaire, d'ourlets à réparer... Elle se souvint du soutien-gorge de madame Dutil, en soie, une soie écarlate, veloutée, qui la faisait frissonner.

— Ah ? dit Howard, très intéressé.

Il connaissait peu les soutiens-gorge, mais les trouvait en général trop pointus. Ce n'était pas normal, un vêtement qui annonçait une forme qu'aucune femme ne pouvait avoir. C'est vrai, dit Marjorie, et elle rêva tout haut d'un jour où les femmes n'auraient plus à en porter – comme les chapeaux et les gants, des inventions qui donnent chaud et qui ne servent à rien. Howard n'était pas d'accord ; il était pour le chapeau et les gants, vu son métier. Marjorie se mit à rire : c'était si peu un métier ! Plutôt un passe-temps, une occupation qui lui donnait l'impression d'être utile. Peut-être bien qu'elle avait raison, dit Howard sans se fâcher. Il n'avait plus envie de grandes émotions, il était heureux de pouvoir discuter calmement de soutien-gorge avec une fille qui lui avait déjà montré ses seins ; oui, c'était même suprêmement agréable de discuter avec elle. Comme il le pensait, il le lui dit. Elle acquiesça.

— Mais comment ça se fait, se demanda-t-elle à voix haute, que je sois si bavarde avec ta mère et avec toi ? Ta mère, ajouta-t-elle avec force, c'est quelqu'un.

— Oui. C'est une bonne mère.

Il se tut un instant, et réfléchit à ce qu'il venait de dire.

— Je m'excuse. Je sais que vous n'avez jamais eu de mère.

— C'est bien correct. Toi, tu n'as pas eu de père.

— Mais oui... Il est parti, c'est tout, dit-il en haussant les épaules.

Il avait détalé en Angleterre pour la qualité de ses hommes et ses mets réconfortants. Ah ? dit Marjorie. Que mangeait-on, en Angleterre ? De la viande, répondit-il. Marjorie aimait elle aussi la viande. Howard rit de nouveau, mais sans gaieté : un rire oppressé, sourd. Qu'ils avaient donc des choses en commun, parvint-il à dire. Ils aimaient tous les deux la viande et la couleur bleue. C'est vrai, rétorqua Marjorie. Il y eut un moment plus lourd que le précédent.

— Bon, dit Marjorie, on devrait trouver le seau.

— Oui.

Mais ils ne bougèrent pas. Et puis Howard dit, tout à coup, comme s'il parlait de la pluie et du beau temps :

— Il faudrait m'apprendre... Hier...

— Apprendre ?

— Oui...

Le désir lui embrouilla la tête.

— Les filles avant les gars...

— Ah, dit Marjorie, et le désir lui brouilla la tête à elle aussi.

Ce n'était pas si difficile que ça, apprendre à faire jouir une fille. Ça s'apprenait plus facilement que les mathématiques. Howard s'approcha d'elle lentement, en trébuchant sur les livres qui venaient pour lui de disparaître de la pièce.

— Il y a un bouton, dit Marjorie. Comme sur les gants. Un petit bouton caché.

— Ah ? dit Howard.

Il avait pourtant déjà eu l'explication, mais sans le support d'une démonstration, il ne répondait de rien.

Il était maintenant tout près d'elle. Elle enleva sa jupe, puis ses bobettes ; lui prit la main et la guida avec les mêmes indications qu'elle avait données à Aldonis quelques soirs auparavant : plus à gauche, à droite, moins vite, plus vite, moins fort. Puis elle lui dit qu'il y avait un autre bouton, à l'intérieur, et qu'il devait fouiller pour le trouver. Howard s'exécuta. Il était fasciné par le visage de Marjorie, pourtant si peu avenant. Elle avait maintenant un visage d'ange. Vraiment. Oui, comme les toiles des peintres célèbres dont les noms venaient de lui échapper en bloc, ceux-là mêmes qui peignaient des femmes aux yeux par lesquels passait le Dieu créateur et soutien de toute l'humanité. Marjorie eut soudain la même expression – elle ferma les yeux à demi et, tout en continuant à regarder Howard, son visage fut empreint de béatitude ; et il fut bouleversé par sa beauté.

Quand ses quatre secondes de bonheur furent terminées, Marjorie se détacha de Howard.

— Je devrais remettre les livres sur les tablettes.

— Oui, mais on n'a pas retrouvé le seau... Et je n'ai pas eu mon tour.

Marjorie lui sourit. Howard vit qu'elle était encore plus belle que tout à l'heure, mais s'inquiéta tout de même de son regard, dans lequel Dieu venait de s'éteindre, remplacé par un petit éclair taquin. N'était-elle pas tout à fait comme un petit chat, qui devient espiègle dès qu'on lui en donne l'occasion ?

— Eh bien, ton tour, tu l'auras demain. Un jour pour toi hier, aujourd'hui c'est mon tour, demain, encore à toi. Ça me paraît juste.

— Pas du tout.

— Absolument.

Elle s'élança à travers la pièce, en se pétant la fraise deux ou trois fois à fouler les vieux bouquins qui s'empilaient les uns sur les autres.

— Je devrais les ranger par couleur, cria-t-elle quand elle fut à l'autre bout de la pièce.

Howard n'osait pas bouger. Son érection était devenue douloureuse, mais il refusait de courir derrière son employée – il avait une dignité toute naturelle, se dit-il, qui le clouait sur place.

— Voulez-vous bien revenir ici, ordonna-t-il d'une voix éraillée.

— Non, ça va bientôt être l'heure de manger.

— Je n'ai pas la tête à ça.

— Bon. Si je ne peux pas manger, je vais travailler. Je vais ranger tes bouquins par ordre de couleur et de grandeur. Ça va être pas mal plus beau, ici, tu ne voudras plus jamais sortir.

Il avait vraiment l'air piteux, son Anglais. De loin, son visage avait l'air d'une grosse lune d'automne, un peu jaune.

— Bon, bon, dit-elle avec un grand sourire. Je reviens. Tu vas voir que, quand une fille a eu son tour, après ça, elle peut prendre son temps pour le gars. Tu vas être content.

Mais il recula, ne voulant pas être l'obligé d'une femme de ménage. Non, lui dit-il, il n'était pas nécessaire qu'il ait son tour, merci infiniment de l'offre généreuse qu'elle lui faisait. Il aurait son tour une autre fois, avec une autre. Quelle autre ? demanda Marjorie. Des autres, dit Howard, la rue en était pleine, suggérant ainsi qu'elle était plus guidoune qu'elle ne l'était en réalité. Bon, dit Marjorie, et elle alla vers la porte. Mais comme Howard était toujours en pleine érection, qu'il ne parvenait pas à débander et que cela le faisait souffrir, il gémit, de loin, et dit que même si la rue était pleine de filles, il préférait avoir son tour avec Marjorie, malgré ses lacunes évidentes, surtout par rapport à son manque d'éducation, de savoir-vivre, de bonnes manières ; les bonnes manières sauveront le monde, un jour, poursuivit-il. Marjorie vit qu'il bandait toujours, bonnes manières ou non. Il la regarda avec un bon sourire, de bons yeux reconnaissants. Elle le caressa par-dessus son pantalon, et Howard ferma les yeux en s'exclamant « Oh gosh ». C'était beaucoup mieux que de dire fuck, ce qu'il avait fait tout à l'heure par inadvertance. Le « gosh » anglais est délicat, un gentil mot tout innocent, comme un chiot qui vient de naître – un bichon maltais, par exemple, très mignon et à l'aube d'une vie nouvelle, charmante et simple ; tout le monde aime les bichons, si extraordinairement adorables. Mais Marjorie, qui riait de l'entendre parler de petits chiens à cet instant même, lui dit de rouvrir les yeux, parce qu'elle voulait voir plus qu'une paire de paupières qui clignaient, avec les cils qui tremblaient juste en-dessous. Elle lui sourit. Les bonnes manières, demanda-t-elle, à quoi ça ressemble quand on se fait caresser la queue ? Howard ne savait pas et, de toute évidence, il venait de perdre la parole. Mais Marjorie était d'humeur à placoter. Elle continua à parler de bonnes manières : les bonnes manières quand on trouve un bouton, quand on détache un bouton, quand on trouve la fermeture éclair – une vraie bonne invention, la fermeture éclair, parce que ça peut vous ouvrir un pantalon d'homme bien vite, ou bien lentement. Marjorie préférait lentement, parce qu'elle avait eu son tour, et qu'elle n'était pas pressée, maintenant ; et elle lui répéta la leçon donnée autrefois par une Madeleine ou une Rosilda à un Jean-Guy ou un Jean-Paul, avec tous ses avantages qui devaient apparaître clairement à Howard alors qu'elle fouillait dans le pantalon, où la queue l'attendait, prête à succomber.

Qu'il était étrange, cet Anglais, continua Marjorie tout haut. Au début, elle l'avait trouvé un peu gros, mais de près, il semblait normal. Un peu trop fragile ; oui, vulnérable, c'était exactement cela. Pas du tout comme Lucien ou Aldonis ; un homme différent – mais ce n'était pas désagréable ; plutôt attirant. Étrangement attirant. Et Howard, toujours obligé de la regarder en face, autrement elle arrêtait de le caresser doucement et ça le rendait fou, trouva la force de lui dire que lui aussi la trouvait étrange, mais pas de façon désagréable ; agréablement bizarre, d'après lui. Et belle. Marjorie haussa les sourcils, se sachant ordinaire, presque laide. Non, dit Howard au bord de l'agonie, résistant au plaisir de la chair pour mieux trouver le plaisir des mots, pour le plaisir de lui faire plaisir à elle, de lui dire des choses qui la feraient sourire ; non. Elle était belle comme un ange de peinture à l'huile sur toile de musée. Il y avait des gars qui faisaient de la peinture mais il ne s'en souvenait plus, du nom des gars, il y en avait eu autrefois dans les siècles, surtout en Europe, et les noms lui reviendraient très vite, mais pour l'instant il ne voyait que les peintures, des peintures de femmes-anges à la beauté féminine et angélique, avec Dieu sur le visage ; et Marjorie fit la grimace. Non, réussit à dire Howard, c'était un compliment. Il venait de comprendre, après tant d'années d'existence solitaire, que deux, c'était mieux qu'un, et que la beauté ne se voyait pas sur les traits d'un visage, mais sur ce qui transcendait la chair. Et Marjorie, bouleversée à son tour, lui dit qu'il était préférable qu'il se taise, parce qu'elle ne comprenait rien à ce qu'il venait de dire mais que ça lui donnait envie de brailler.

Et Howard eut son tour.

Marjorie attendit un peu. Elle souriait. Était-elle renvoyée ? lui demanda-t-elle. Non, il préférait la garder, peut-être à l'essai. C'était en plein ça : la garder le plus longtemps possible, pour voir si ça marchait. Il hésitait encore, car pour le ménage, ses talents étaient encore à prouver, dit-il en regardant la pièce jonchée de livres. Et il ajouta qu'il était épuisé d'être resté debout pendant tout ce temps, alors qu'il avait l'habitude de passer ses journées assis ; assis, on est mieux, dit-il. Et il s'effondra de tout son long par terre, en gémissant à cause des couvertures de livres qui étaient bien moins moelleuses que son beau fauteuil au cuir qui semblait si doux, vu de loin ; presque féminin. Marjorie se coucha à son tour près de lui, où les bras ouverts de Howard l'attendaient, semblait-il, depuis toujours, depuis avant sa naissance, depuis la nuit des temps que ces bras-là l'attendaient personnellement, elle, Marjorie Chalifoux. Ils déblayèrent le terrain en poussant les livres dans un tas. Cela fit comme une petite clairière, un cercle paisible, une oasis dans laquelle ils se plongèrent pour sombrer dans le sommeil des justes.

Vendredi
- Déconfiture -

Il y avait comme un bruit diffus, lointain. Pas vraiment un bruit ; une vibration. Quelque chose. Difficile à définir, cette chose, insaisissable et dérangeante, qui secouait la torpeur en forçant la respiration ; devenait plus audible, dilatante, comme si le corps décidait de s'étendre, de se gonfler lourdement.

Marjorie ouvrit un œil.

— Ta mère !

C'était elle, sûrement, qui frappait à la porte, si tôt le matin ; à coups de poing, semblait-il.

— Quelle heure est-il ? demanda Howard.

Il n'avait pas bougé d'un poil, son gros corps mou dans une position si sereine, si pleine d'abandon et de félicité que Marjorie eut envie de le chatouiller ; ce qu'elle s'apprêtait à faire quand le son se précisa, devint un « Howard » perçant, menaçant. Et Marjorie, bien qu'elle eût rempli ses conditions d'embauche en couchant avec le fils de la maison, sentit que cette volupté à l'anglaise, pesante mais si joyeuse, s'apprêtait à lui échapper. Elle se colla contre Howard, qui grogna.

— Eh bien, dit-il à moitié endormi, je suppose que si ma mère n'était pas à ma porte de si bon matin, je profiterais de la situation.

Il lui fit une chiquenaude sur le bout d'un mamelon.

— Va répondre, lui dit-elle.

— Mais je suis tout nu !

C'est beau, un homme nu. C'est resplendissant de tendresse. Ça donne envie de l'attraper par ici et par là, de s'emparer de toute cette masse corporelle, de la prendre, de l'avaler ; de s'y blottir, aussi. Howard se leva, chercha paresseusement ses habits, ne les trouva pas plus que la veille ; fit un faux pas sur un gros livre à la couverture d'un orangé vieilli, et alla entrouvrir la porte.

Mrs Virginia fit irruption dans la pièce.

— Mère, dit Howard sans parvenir à être sentencieux, le moment n'est pas opportun.

Ah ! se dit Mrs Virginia, la petite avait eu du succès. La pièce était un champ de bataille, livres ouverts, éventrés, tassés les uns sur les autres en gros tas licencieux, éparpillés de la fenêtre à la porte, sur le fauteuil ; partout. Comme si la petite avait jeté la vie entière de son fils sur le tapis. Et où était-elle donc, cette Marjorie ? Là, par terre avec les livres, nue comme son fils.

Marjorie chercha ses vêtements du regard.

Et il lui vint en un éclair, comme il y en a parfois, que non seulement elle n'avait jamais été nue devant une femme, mais que son père avait eu tort à son sujet. Dad avait cru qu'elle était faible, bornée, peureuse. Il avait réussi à lui faire croire qu'elle était telle qu'il se l'imaginait, non pas telle qu'elle était réellement. Il était grand temps qu'elle se détache de lui. Qu'elle se débarrasse de toutes ses menteries, selon lesquelles elle devait être ceci ou cela, gnochonne, muette sur sa chaise de trou du cul ; et comme un chien se libère de ses puces, elle devait se gratter jusqu'au fond de l'âme, jusqu'au sang s'il le fallait, pour trouver la liberté.

Marjorie se leva, ses deux petits seins pétris quelques heures auparavant par Howard pointés insolemment vers Mrs Virginia ; qui les regarda, et eut un sourire ; la tendresse d'une mère, fière de sa fille, de son insoumission, charmante et attachante ; de son audace, de son existence.

— Il faudrait, sans doute, dit-elle légèrement, que vous songiez tous les deux à vous habiller.

Puis, d'une voix qui cherchait à savoir s'il fallait se réjouir ou s'affliger :

— Nancy est en haut.

De stupeur, la mâchoire de Howard s'affaissa contre son double menton.

— Nancy? Quelle Nancy?

— Eh bien, dit Mrs Virginia, il n'y en a toujours eu qu'une seule, dans cette maison.

Howard se tourna vers Marjorie; la trouva plus belle que jamais. Une madone, une créature miraculeuse de splendeur, qui lui avait donné quelques jours... Quelques jours de... Mais sa tête s'embrouilla. Il demanda: Nancy?

— Oui, dit Mrs Virginia. Son père est malade. Elle revient s'installer à Ottawa. Entre un vieux père malade et des lépreux, il faut choisir la famille, je suppose.

Alors tout lui revint. Ses années à la regarder de loin, à l'admirer – tout en elle était admirable, ses dents, ses lèvres – ses yeux, bon Dieu! – et son esprit! – et son cul – ou du moins, ce qu'il en avait vu! Quand il était jeune, il n'avait pas osé laisser sa pensée errer vers son postérieur; mais depuis qu'il avait couché avec Marjorie, il connaissait la valeur d'un cul, quel qu'il fût – gros, branlant, véreux, ou lisse, ferme, attachant. Il savait dorénavant que pas un jour de sa vie ne se passerait sans qu'il portât attention à un cul de femme. À des seins de femme, également. À une présence féminine, aussi. Quel fou il avait été, tout seul avec ses livres, à s'enfermer au fond d'un trou, vaquant à ses affaires dans le désert, alors qu'il y avait des femmes à aimer ! Et Nancy, c'était la crème des femmes, la crème de la crème, la plus que belle, l'irréprochable femme. Ça pesait fort dans la balance, contre cette Marjorie si menue, si nue au milieu du séisme qu'elle lui avait imposé, si dépourvue dans le désordre de sa chère bibliothèque qu'elle venait d'assassiner...

Howard se dit qu'il divaguait, qu'il devait se reprendre en main ; mais avant toute chose, retrouver ses vêtements. Partout où il regardait, des bouquins dans tous les sens. Et Marjorie, avec ses yeux brûlants de sagesse. Qui savait. Qui avait vu Nancy se profiler dans la pièce, au sens figuratif ; avait deviné Nancy sur le visage de Howard ; sut que pour elle, c'était foutu.

— On dirait la révolution des bolchéviques, ici, dit Mrs Virginia pour dire quelque chose.

Marjorie trouva d'abord ses bobettes et les enfila. Puis son soutien-gorge accroché à la poignée de la fenêtre. Puis le reste. Il lui manquait un soulier. Howard avait son pantalon, mais pas sa culotte. Qu'importe la culotte, quand on a le pantalon. Et les chaussettes, si inutiles, surtout en été. Deux souliers. Et la chemise. Fuck, la chemise, dit-il à voix haute.

« Howard, ne dis pas de gros mots », se chuchota Mrs Virginia. Dans son for intérieur, elle en disait aussi quelques-uns, avec le mot « holy » devant, ce qui ne se faisait pas du tout, ce qui était tout à fait contraire à ce en quoi elle avait toujours cru. Ne pas appeler le nom de Dieu en vain. Mais n'était-ce pas justement l'instant exact où il aurait fallu L'appeler, Lui demander Son aide, guider Howard sans sa chemise, et surtout Marjorie, dont elle percevait avec une acuité douloureuse toute la débâcle, la route qui vient abruptement de se perdre devant un précipice ? Qui peut savoir, alors que les voies du Seigneur sont si mystérieuses ?

La chemise de Howard était sous une pile de *Citizen*. Bleu pâle la veille, elle était tachée d'encre. Comment la chemise avait-elle trouvé le *Citizen* ? se demanda Howard. Se pouvait-il qu'une chemise préférât le *Citizen* au *Journal* ? Et si oui, quelle en était la raison ? Y avait-il une attraction entre les objets ? À un niveau mystique, animiste, la chemise s'était-elle frottée contre le *Citizen* par choix ? Exactement comme ses mains avaient trouvé toutes seules les boutons d'amour de Marjorie – pas toutes seules, exactement, mais avec une aide verbale ? Et Nancy, se pouvait-il qu'elle ait les mêmes boutons ? Son cœur jubila. Nancy !

— Je vais monter, dit-il à Marjorie en attachant les boutons de sa chemise.

On n'avait pas idée de faire des boutons à une

chemise ; un jour, il inventerait des chemises à fermeture éclair, pour la plus grande satisfaction de tous. Il
gagnerait des millions, qu'il donnerait aux lépreux
que Nancy n'aurait plus jamais à soigner.

— C'est bien correct, répondit Marjorie – oh, si
légèrement.

Le soulier de Marjorie devait bien être quelque
part. Le retrouver, et vite. S'il y en a un, il y en a deux.
Il lui fallait le deuxième pour s'enfuir – à la gare des
trains ? à la gare des autobus ? Mrs Virginia la regardait d'un air navré.

— C'est bien correct, lui dit Marjorie.

Les vies sont faites pour aller tout croche. Si tout
allait toujours comme on voulait, son père n'aurait
plus de clients. Tout le monde serait heureux, tout le
temps. Et il s'adonnait que le Dieu des anglicans et de
la Terre entière préférait que les gens soient malheureux, au moins de temps en temps, sinon la plupart
du temps.

— Bien, dit Mrs Virginia, le visage tout décom-
posé de tristesse. Quand je n'ai pas vu Howard hier
soir, j'ai compris que... J'avais bien compris. Pour
vous payer, je dois aller à la banque. Vous viendrez
avec moi.

Ça se voyait pourtant, que Marjorie ne voulait pas
aller à la banque. Elle ne voulait pas être payée – pour
quoi, d'abord ? Pour avoir couché avec son gros gars

mou ? Pas la peine, pas besoin. C'était gratuit, aujourd'hui.

— Parfait, dit Mrs Virginia en reprenant contenance. Nous irons ensemble. Avez-vous votre sac à main ?

Un sac à main ? Pour qui la prenait-elle ? Quelle fille de dix-neuf ans avait un sac à main, enceinte et orpheline de père et de mère ? Oui, Chalifoux était comme mort pour elle. Il lui avait dit qu'elle n'était pas baisable – pas baisable ! – et elle en avait assez, de ses insultes ; c'était final, aujourd'hui. Il n'y en aurait plus, plus une seule, plus du tout, plus jamais ; ça va faire, les insultes ; ça va faire. Bien, rétorqua Mrs Virginia, et où irait-elle ? Il ne fallait pas s'inquiéter, dit Marjorie, pas de danger qu'elle reste dans les parages. Elle irait à Montréal trouver du travail de couturière. Et Marjorie sentit qu'elle avait rendu le dernier souffle, qu'elle venait de mourir. Elle avait perdu Lucien, Aldonis et Howard – trois hommes ! N'en retrouverait jamais un autre, même un mauvais ; avait écoulé toutes ses chances de bonheur.

— Restez là, lui ordonna Mrs Virginia. Je reviens tout de suite. Tout de suite. Ne partez pas. Oh, je vous en prie, ne partez pas !

Elle sortit de la pièce en courant. Marjorie chercha son soulier. Le trouva. Le mit. Voulut sortir. Non, avant, récupérer la liste des fournisseurs. Sortit furtivement – et si Nancy lui rentrait dedans, comme une femme enragée, en la traitant de salope qui avait couché avec son homme vingt ans plus tard ? S'en aller, vite.

Mrs Virginia l'attrapa par la manche alors qu'elle était déjà sur le trottoir. Un soleil vif lui brûla les yeux.

— Je croyais qu'il était cinq heures du matin, dit Marjorie.

— Venez avec moi. Ma banque n'est pas loin.

Elles firent la queue à la banque sans dire un mot. La caissière remit à Mrs Virginia une grosse liasse de billets bien propres, bien secs, des billets neufs, sans contredit, des billets de qualité extrême ; des billets anglais, assurément, pas comme ces billets froissés, déchirés, sentant la misère et les petits culs des francophones. Mrs Virginia les fourra dans sa sacoche et l'accrocha au poignet de Marjorie.

— C'est à vous. Prenez. Ne dites rien. Prenez. Je vous en prie.

— Mais, c'est trop, voyons donc ! Puis je n'en veux pas, de votre sacoche !

Une vraie sacoche en cuir de crocodile, avec un fermoir doré.

— Une femme doit avoir son sac à main. Vous en aurez besoin, à Montréal. Voulez-vous que je vous trouve un taxi ?

— Je vais marcher. Ça, je suis capable de le faire.

— Bon.

Mrs Virginia prit Marjorie contre elle.

— Tiens, dit Marjorie, qui n'avait pas connu de près un corps de femme, vous vous prenez pour ma mère.

— Un peu, répondit Mrs Virginia, je vous trouve remarquable. Une jeune femme tout à fait remarquable.

Quand on s'y attarde, un corps de mère, cela peut sembler pas mal ; une douceur et une force à laquelle on aurait pu s'accrocher ; une force qui subsisterait en soi, dans son propre corps, comme le testament d'un amour qui aurait pu exister, mais qui, à présent, ne serait qu'un mirage, une idée stupide qu'on aurait pu réaliser si Nancy était restée chez ses lépreux au lieu de choisir sa famille – on ne devrait jamais choisir sa famille.

Mrs Virginia lui fit un grand sourire de mère dans lequel s'épanouissait un million d'années de tendresse pour l'avenir.

— Bonne route, dit-elle.

Et c'était tout ce qu'il restait à dire.

Presque un épilogue

Lorsque Marjorie posa la tête contre la vitre de l'autobus, elle regarda défiler les arbres en s'inventant des aphorismes : derrière chaque calamité, le désastre ; qui perd un homme en perdra sûrement trois ; fléau du matin, malédiction du soir ; et autres sornettes similaires. Dès qu'elle mit le pied sur le sol montréalais, elle largua ses réflexions et partit d'un pas chancelant vers sa nouvelle vie.

Quel bonheur, la marche, à Montréal ! Des rues pleines de monde, des boutiques, des choses à voir, une montagne avec des arbres en plein milieu de la ville. Des restaurants partout. Des bouquineries, qu'elle ignora. Un épicier au cœur trop généreux, du moins selon sa femme, lui donna une pomme ; elle l'avait croquée puis s'était assise sur une marche d'escalier, épuisée par sa nuit amoureuse, l'arrivée de Nancy, son voyage en autobus.

Une jeune femme lui demanda pourquoi elle

pleurait dans ses escaliers. Était-elle perdue ? Non, répondit Marjorie ; mais elle était nouvellement arrivée à Montréal et ne savait pas où aller. La femme lui parla encore un peu puis elle cria, pour que la rue l'entende, ou tout au moins son mari : Gaspard ! Un jeune homme apparut.

Cette fille-là, annonça la jeune femme en pointant son doigt vers Marjorie, cherche un hôtel. Oh ! fit Gaspard.

C'était un adon incroyable.

Justement, Bérangère et Gaspard se cherchaient une locataire, parce que le prix des loyers et des épiceries augmente, et le nombre d'enfants aussi ; et ça finit par en faire, du monde à nourrir.

Au souper, ce fut une mêlée comme elle n'en avait jamais connu, avec les jumelles de dix mois qui écrasaient les petits pois avec leur nez et les deux cocos de trois et cinq ans qui jouaient au cow-boy autour de la table, et les verres d'eau qui se renversent, et vas-tu essuyer le plancher avant que je te fasse manger une volée ? et pas de dessert pour personne ; dommage, c'était du vrai bon pouding chômeur.

⋮

Le lendemain, liste de Howard en poche, elle fit la tournée des boutiques de chapeaux ; commença par Modes pour femmes, passa par Chapeaux en gros, bifurqua du nord vers le sud, zigzagua de-ci de-là. Non, lui disait-on. Mais comme elle avait de bonnes jambes, de la volonté, et aucune autre solution, elle continua. Au beau milieu d'un non, un monsieur Ménard de la boutique Au beau chapeau se souvint que chez Dupuis Frères, ils cherchaient souvent des filles pour de l'ouvrage dans leur salle de réparations. Marjorie s'y rendit le lundi. On la prit.

La vie allait peut-être moins faire sa chienne, maintenant qu'elle avait un lit pour dormir et de l'ouvrage pour le payer.

⋮

Elle travaillait maintenant depuis quatre mois. La superviseure trouvait que l'Ontarienne parlait français à peu près comme tout le monde, et très bien anglais, ce qui ne servait à rien ni à personne ; et constatait qu'elle apprenait de façon satisfaisante. Normal, se disait Marjorie. Puisqu'il n'y avait plus de morts à écouter, plus de clients qui sanglotaient, de contes surprenants sur les habitudes sexuelles des bonnes sœurs ou d'un Dutil, elle restait concentrée sur l'ouvrage à faire ; pensait peu et cousait bien ; précision, rapidité, efficacité.

On se force à s'habituer au changement, on s'installe dans une routine un peu plate, bien ordinaire, et juste quand on croyait que les jours allaient ressembler à ça jusqu'à la fin des temps, bam! La providence change d'avis et vous envoie un grand bonheur.

Marjorie venait de terminer son quart de travail. Elle avait enfilé son manteau et enveloppé le reste de son sandwich au cheddar dans une page de papier journal. Lorsqu'elle sortit, ça sentait le début de tempête de neige. Il faisait froid en baptême.

— Marjorie!

Elle leva la tête et vit Howard.

Juste là, devant elle, si près qu'elle n'aurait eu qu'à avancer le bras pour le toucher. Aussi pâle qu'un revenant, ou comme le fantôme bien vivant de quelqu'un qui pourrait être mort – ça faisait si longtemps qu'elle l'avait vu! –, et qui viendrait lui rendre une petite visite. Pas pour l'écœurer, non; revenu pour dire « Hello », comme l'Anglais qu'il était, et « How are you my dear? » Le genre de fantôme qui se tourne les pouces dans le sommeil éternel qu'il trouve trop long; trop éternel, justement; et qui vient faire une balade le long des rues montréalaises, juste avant le souper, pour que le temps soit moins long dans sa perpétuité.

Elle fit une moue, les lèvres avancées comme pour cracher, et fonça droit devant elle. Depuis qu'elle était à Montréal, elle avait appris à sacrer comme une vraie Québécoise: les sacres fusèrent dans sa tête en lui faisant accélérer le pas. Cibole de simonaque de torpi-nouche de taboère, commença-t-elle par dire avec simplicité. Puis, marde de marde de bout de crisse. Puis bonyeu de crisse qui pisse. Elle se retourna subitement. Le fantôme de Howard l'avait suivie. Il haletait, en nage malgré le froid, son manteau ouvert, son écharpe qui pendouillait le long de son gros chandail bleu.

Les grands événements, les grandes retrouvailles solennelles, si empreintes de décorum et de graves et profondes pensées, on peut les rater, aussi bien qu'on peut rater à peu près n'importe quel moment de sa vie.

— C'est quoi, ce bleu ? Laine mérinos ? cachemire ? alpaga ? fil bouclette ?

Voilà, c'était Marjorie qui, en une seconde éclair, venait de retrouver l'envie de faire sa plus-smart-que-toi.

— Comment ? demanda Howard.

Il ne l'avait pas suivie dans ses pensées ; ne pensait qu'aux siennes. Ou plutôt, qu'à la sienne. Une seule pensée, depuis tant et tant de semaines. Un seul nom : Marjorie.

⋮

Quand il avait vu Nancy dans sa cuisine, debout contre la table, un pantalon serré, et son sourire resplendissant – un sourire pareil, ça surpasse toutes les richesses, toutes les nouvelles du *Citizen* et du *Journal*, toutes les Marjorie qui se tiendraient par la main pour faire le tour de la ville, tous les petits culs musclés de toutes les Marjorie qui se coucheraient sur l'herbe pour lui, pour devenir un matelas béni des dieux, un refuge, une machine à plaisir. Le sourire de Nancy éclipsait tout cela.

Chez ses lépreux, elle avait connu l'adversité, mais le Christ lui-même l'avait soutenue pendant toutes ces années – et la pensée de Howard aussi, peut-être, si gentil, si fin. Il avait grossi, avait-elle dit en riant, et ses cheveux avaient commencé à déserter son crâne. Oui, avait-il répondu sans rire ; incapable de rire, en fait. Sous l'effet du choc, il restait comme un âne qui attend son coup de bâton pour avancer, blême, si faible, si frappé de stupeur qu'il avait l'impression qu'il venait de mourir, et de ressusciter, et de mourir de nouveau, puis de revivre encore ; et il en était à la partie « je meurs » lorsqu'elle s'était approchée de lui.

Sympathique, le sourire de Nancy. Beau grand sourire ouvert, lèvres prêtes à parler. Mais qui veut parler alors que la femme est à un pas de soi ? Et pour dire quoi ? Un peu plus haut, après le nez parfait, il y avait les yeux parfaits, sympathiques autant que les lèvres pouvaient l'être, tranquilles comme l'eau d'un lac un beau jour d'été. Le lac Ontario, peut-être, très grand, immense – non, le lac Ontario n'avait pas cette paisible assurance. Mais il devait bien y avoir quelque part un lac digne de la beauté des yeux de Nancy ; un lac exotique, entouré de lépreux et de bêtes sauvages. Nancy lui mit la main sur l'épaule, et Howard frémit.

Sa mère passa devant eux en criant qu'elle ne les regardait pas, qu'elle ne voulait pas les voir, qu'elle cherchait un sac à main, du crocodile, le fermoir en or, la fille qui prenait la porte, l'employée qui ne ferait pas l'affaire, la francophone qui se sauvait à Montréal. Howard recula, réussit à sourire, et sa face de lune brilla de toutes ses forces – on aurait dit de la lumière plus forte qu'un projecteur de cinéma ; mille bougies illuminant toute la surface ronde de son visage hébété. Mrs Virginia repassa en criant quelque chose, mais cette fois-ci Howard n'entendit rien. Ce fut Nancy qui lui dit plus tard : elle reviendra après le souper, très, très tard après le souper ; elle irait peut-être même à l'hôtel. Elle avait toujours été si sympathique, cette Mrs Virginia !

Il s'avéra que la Nancy missionnaire n'avait pas côtoyé que des lépreux. Certains hommes étaient en pleine santé, portés sur le sexe. Et il s'avéra que Nancy aimait la compagnie de ces hommes ; et lorsque les volontés des uns se marient aux volontés des autres, on serait bien fou de s'ignorer. Nancy avait connu des hommes, quelques femmes, encore des hommes. Mais dans toutes ses longues années de relations sexuelles plutôt fraternelles et de service pour la plus grande gloire du Christ, elle n'était pas parvenue à oublier Howard. Elle l'aurait bien voulu – sa vie était tellement passionnante ! Mais non, elle pensait au gars intelligent d'Ottawa. Sa déclaration d'amour l'avait suivie de pays exotiques en pays ravagés par les guerres et les épidémies – il n'y a pas que les lépreux qui ont besoin de la chaleur du Christ. Et lorsque son père malade l'avait contactée le mois dernier pour lui dire qu'il se mourait, et qu'il aimerait bien revoir sa fille avant de trépasser, elle avait eu un sursaut de joie – non pas pour la maladie de son père, bien entendu, mais à l'idée de revoir celui auquel elle n'avait jamais cessé de penser.

Howard, toujours avec son air le plus ahuri, avait répondu « Ah », tellement il était dépassé par toute cette histoire. Nancy avait haussé les épaules en souriant de ses lèvres pourpres et ardentes. Elle lui avait pris la main pour l'entraîner dans la chambre de sa mère. Non, avait dit Howard, horrifié, c'est l'autre lit. Ils tombèrent dans son lit, qui était le même depuis ses six ans, un lit à une place, toujours impeccablement fait, aux draps bien craquants, bien propres, avec un oreiller aux plumes légères et duveteuses. Le tout se retrouva sur le plancher.

Je fais l'amour avec Nancy! Je fais l'amour avec Nancy! C'était tout ce qu'il parvenait à se répéter. Et pourtant, en plein orgasme, il s'était trompé, il s'était dit qu'il faisait l'amour avec l'autre; celle qui était restée en bas toute nue dans ses bouquins, la fille vulgaire et enceinte et pas très belle; il avait prononcé, dans sa tête, le nom de Marjorie. Nancy n'en avait rien su. Il se sentait bien avec elle, mais pas assez pour tout lui dire; pas assez pour rire d'elle; pour lui parler de chapeaux fleuris et des travaux de canalisation dans la rue Bank. Pas assez non plus pour la trouver ravissante dans la jouissance – Marjorie, de ce côté, était une championne olympique, et il n'y a rien de plus beau que de voir jouir une femme. Nancy était jolie, mais elle l'était de toute manière. Du matin jusqu'au soir avec sa beauté comme une insulte au visage très ordinaire de Howard. Belle en se réveillant et toujours belle avec un verre de trop dans le nez; et encore belle dans une vague de chaleur et sous une pluie de feuilles d'automne; et belle toujours avec l'arrivée de la première neige, celle qui reste un jour et qui fait frémir les bons habitants de la bonne ville d'Ottawa; et belle même lorsque Howard lui avait dit qu'il n'en pouvait plus, de sa beauté – oui, une telle femme, quand ça jouit, c'est d'une platitude à vouloir vous garrocher dans les chutes du Niagara, ou à défaut de telles chutes, peut-être à Hog's Back, où certains téméraires étaient morts d'avoir voulu jouer leur vie dans les roches qui surplombent le début du canal.

De son côté, Nancy l'avait trouvé intelligent, son Howard, mais moins que lorsqu'il avait quinze ans, à croire que l'âge lui avait siphonné l'entendement. Il avait toujours cet esprit fin, mais d'une finesse triviale. Son amour pour le Seigneur Jésus-Christ n'était plus ce qu'il avait été. Et il l'adorait moins – c'était peut-être cela, son plus grand défaut, de ne pas trembler d'émotion comme l'écolier qu'il avait été. Bref, ils s'ennuyèrent tous les deux rapidement et, au bout de trois mois, tout était fini. Adieu Nancy, dit Howard, en lui serrant la main. Bye bye, lui répondit-elle.

Mrs Virginia exulta. Elle était très bien, cette petite Nancy, très mignonne et jolie et désireuse de faire honneur à sa religion en toute chose – excellent dévouement – excellente disposition pour aider son prochain – grand cœur – belle physionomie – bonne santé ; mais il lui manquait un petit plus. Au début, Mrs Virginia n'aurait pas su décrire ce qu'était ce petit plus : pas l'argent, tout de même, qui sert si peu à rendre heureux quand on en a beaucoup ; pas l'intelligence – Nancy était brillante, sa conversation était brillante, sa façon de se tenir, de bouger, de se gratter le nez était brillante –, ni la beauté, de toute évidence. Mais dans le noir, s'était dit Mrs Virginia, sa beauté devait être aussi inutile qu'un brise-glace en été. Non, ce qui lui manquait, c'était qu'elle n'était pas Marjorie, qu'elle n'était pas du tout comme Marjorie, et qu'elle pouvait bien soigner son vieux père – qui finalement mourut de longues, longues années plus tard –, personne ne pouvait être Marjorie aussi bien que Marjorie elle-même. Voilà, s'était dit Mrs Virginia, qui parfois divaguait sans le savoir, Marjorie était elle-même, ce qui la rendait unique, précieuse. En un mot, la bru idéale. Dont elle s'ennuyait fort, elle aussi.

La mère et le fils refirent la liste de mémoire – qui donc était sur cette liste ? Des noms de magasins, des fournisseurs – et Mrs Virginia qui avait été en ajouter ! Ils refirent la liste dans la Rolls, jusqu'à Montréal, et dans la suite quasi princière du Ritz-Carleton où ils s'installèrent. Howard alla voir tous ses fournisseurs, les uns après les autres, pour leur parler de Marjorie. L'avez-vous vue ? Une francophone ? Une francophone à Montréal, se faisait-il répondre, c'était faire preuve d'un optimisme délirant. Bien sûr, bien sûr, disait Howard, mais elle est spéciale, c'est une francophone de l'Ontario, maigrichonne et pas très belle, mais elle coud à ravir. Était-elle passée ici chercher du travail ? Certains se souvenaient d'elle, d'autres pas ; et c'était un peu la désolation lorsque, de retour à l'hôtel, Howard racontait ses échecs à sa mère. Il chercha dans les usines, les magasins, chez les modistes, les chapeliers ; et parfois il s'arrêtait à l'église où il priait longuement, oui, bien longuement.

Enfin, en revoyant mentalement la liste pour la centième fois, Howard se rendit compte qu'il avait sauté le troisième nom. Comment ne l'avait-il pas vu ! Comment ne s'en était-il pas aperçu plus tôt ! Il y courut. C'était Au beau chapeau, une boutique de rien qui fit faillite vers la fin des années cinquante. On se souvenait très bien de Marjorie, une fille qui avait laissé une excellente impression ; on l'avait orientée vers le centre-ville, chez Dupuis Frères, où elle avait peut-être trouvé du travail. Howard s'y était rendu et l'avait vue, de loin, mais il avait imaginé petit bedon rond si mignon qu'il avait fondu de joie ; de timidité, aussi – un enfant, quel changement dans la vie d'un homme ! Il était retourné au Ritz-Carleton où sa mère l'avait traité d'imbécile tout en faisant quelques pas de danse – elle aussi était en joie, elle aurait du même coup la bru de ses rêves, une petite-fille ou un petit-fils, et son Howard heureux.

Howard était retourné chez Dupuis Frères. Il avait attendu toute la journée, en priant de plus en plus fort parce qu'il avait de plus en plus froid, à poireauter au coin d'une rue en décembre comme un cave. Et Marjorie était sortie.

Mais pour l'heure, Howard en était toujours à son « Comment ? » Marjorie venait de lui parler de la laine de son gros chandail bleu. Ce n'est que plus tard qu'elle saurait tout au sujet de Nancy et que, parfois, pour écœurer gentiment son gros lard de mari charmant, elle lui ressortirait tous les détails de chambre à coucher, la grosseur des seins de Nancy, la forme de son cul, l'étroitesse de son vagin, sa façon de se mouvoir dans le lit et la saveur de sa langue ; tout ce que Howard avait bien été obligé d'avouer sous peine de manquer de sexe pendant des jours, voire des semaines.

— Bien, reprit calmement Marjorie, c'est de la laine d'Anglais.

— Vous lisez les journaux, dit Howard.

Il venait d'apercevoir le sandwich enveloppé dans du papier journal que Marjorie tenait à la main.

— Oui, c'est du journal francophone. On appelle ça *La Presse*, ici.

— Ah, dit Howard, qui commençait à retrouver son calme. S'il s'agit des nouvelles du jour... C'est l'essentiel.

Il regarda Marjorie et son cœur se remit à s'emballer ; Marjorie sentit ses jambes faiblir ; une petite neige tomba doucement près d'eux, éclairée par un vieux lampadaire fatigué.

Des fois, ça ne prend pas grand-chose pour être heureux.

Tout à fait un épilogue

Il y eut une noce très simple, très rapide, très discrète. Personne ne fut invité, car Mrs Virginia racontait à qui voulait l'entendre que son fils avait engrossé une fille. L'honneur étant plus important que la honte, il devait donc l'épouser au plus vite ; sans tambours ni trompettes.

Quand le père de Howard – James – sut que son fils se mariait, il déclara, du fin fond du terroir de son Angleterre chérie, que rien – good God ! – ni océans, ni poissons des mers, ni Neptune ou autre fantaisie surnaturelle – ne l'empêcherait d'assister à la cérémonie. Son nouvel amoureux s'appelait Philip. Il lui manquait deux dents d'en avant à cause des bagarres de taverne qu'il affectionnait tant ; et il était follement amoureux de son James, assez pour quitter patrie, amis et bonne bière.

Marjorie était en beige – le blanc lui était interdit,

avait finalement décidé Mrs Virginia. Belle, non ; archangélique, songea Howard en la voyant dire oui à l'hôtel de ville, tout près de lui, un petit bouquet de fleurs à la main, prête à se faire peindre par un artiste des temps antiques, un anonyme génial qui aurait gravé sa beauté sur du marbre d'Italie.

Comme cadeau de noces, ils eurent un voyage aux chutes du Niagara tous frais payés de la part de James et Philip ; et une version plus récente du *Book of Common Prayer*, Anglican Church of Canada, de la part de Mrs Virginia – sans le livre, il n'y aurait pas eu de rencontre entre ces deux « precious souls », et il fallait en profiter pour rendre hommage à Dieu – Sinon quoi ? avait demandé Marjorie –, sinon c'était injuste pour Dieu, qui leur avait tout donné, avait rétorqué Mrs Virginia. Marjorie aurait pu continuer, elle aurait pu dire une vraie belle niaiserie, du genre qui fait rire et réfléchir, pour amuser Howard – ainsi que James et Philip, qui avaient décidé que la vie était tellement belle dans la grande maison de la rue Bronson que jamais ils ne retourneraient en Angleterre –, mais pour une fois, Marjorie baissa la tête, permit à Mrs Virginia de chanter les louanges du Seigneur autant qu'elle le désirait.

La petite Augusta naquit et fut immédiatement entourée d'amour. Marjorie et Mrs Virginia buvaient le thé en regardant Howard, James et Philip s'affairer autour d'elle – le portrait craché du père, disaient-ils tous les trois en hurlant de rire –, et Marjorie regardait Augusta à son tour, terrifiée à l'idée de retrouver sur le petit visage aimé les traits de son amour défunt ; mais non. Augusta ressemblait bel et bien à Howard.

Marjorie était retournée à l'appartement de Dad. Quelqu'un d'autre y habitait. La voisine sortit, regarda son ventre d'un air bienveillant, puis lui dit que Chalifoux était parti quelque temps en automne. Parti ailleurs, comme il avait dit ; et ne venez pas essayer de me trouver, avait-il ajouté ; puis lâchez-moi patience, vous, de la Basse-Ville, de Sault-Sainte-Marie et de l'Ontario ; je sacre mon camp loin de vous, loin de tout ; je pars faire mon propre chemin avant de crever sur le bord d'un fossé ; peut-être aux États, comme mes parents. Il lui avait dit tout ça, à la voisine, en moins de trente secondes. Elle s'en souvenait parce que ça lui faisait un drôle d'effet, de voir cet homme-là avec sa petite valise sur le pas de la porte. Le propriétaire avait gardé les meubles. « Il est vraiment parti, Dad », avait dit Marjorie, à qui la tête commençait à tourner ; puis elle s'était accotée contre le mur ; et Howard l'avait soutenue.

James et Philip avaient pris un air outragé : de quel droit un père abandonne-t-il la chair de sa chair ? Puis, devant l'air abattu de Howard, le froncement féroce des sourcils de Mrs Virginia et l'accablement de Marjorie, ils s'étaient écroulés de rire. Mrs Virginia leur avait intimé de quitter sa maison ; et James avait rétorqué que c'était également sa maison, puisqu'il l'avait payée. Howard s'en était mêlé, disant que, de toute manière, personne n'avait besoin d'un père : Marjorie en avait elle-même eu un, pourri, qui aurait dû l'abandonner bien plus tôt afin qu'elle puisse vivre en paix ; et lui avait eu le bonheur d'avoir la paix très jeune, car il était clair que James avait autant de maturité qu'un enfant. James acquiesça. Il trouvait toute la conversation très drôle, très amusante, revigorante ; il n'allait plus s'ennuyer au Canada, dans la belle grande maison de la rue Bronson, maintenant qu'il avait trouvé son pays, son amoureux, son fils, sa petite-fille et sa bru si rigolote ; et puis même son ex-femme, qu'il aimait toujours énormément, mais pas autant que Philip, l'homme de sa vie. Philip en eut les yeux tout mouillés. Il regarda Augusta et dit que c'était si beau, un enfant ; et c'était vrai. Surtout pour Augusta, beauté à tout casser, remarquable bébé ! Bébé ayant un air céleste ! Comme touché par la main de Dieu lui-même en personne ! Et les adultes s'étaient penchés sur le berceau ; allégresse ; glorieux moment d'amour de groupe.

Mrs Virginia avait un peu résisté à l'installation permanente de son ex-mari et de son amoureux dans sa maison ; puis elle avait changé d'idée. Ils étaient divertissants, tous les deux. James faisait le ménage. Philip adorait cuisiner, surtout depuis qu'il avait découvert le sirop d'érable, qu'il mettait dans tous ses plats, de l'entrée au dessert ; et puis, c'était de la compagnie, pour elle qui se voyait vieillir tout doucement. À cinquante-trois ans, une femme est à l'hiver de sa vie. Elle n'avait plus qu'à s'endormir auprès du feu en buvant son thé, en regardant pousser sa première petite-fille, puis sa deuxième, que Marjorie nomma Jeanne d'Arc, un nom bien de chez nous ; « Pis sacrez-moé patience, les Anglais », avait-elle dit très sérieusement.

Un jour, la pharmacie du coin fut à vendre. Marjorie demanda une rencontre secrète entre Howard, James et Philip, et réussit à les convaincre d'acheter la pharmacie et de la donner à Mrs Virginia comme cadeau d'anniversaire. « What in the world... ? » réussit à dire Mrs Virginia en recevant une clé dans une enveloppe, juste après avoir dévoré sa part de gâteau au chocolat et à l'érable. Marjorie la rassura : c'était maintenant à leur tour de s'amuser.

Il s'avéra non seulement que Marjorie était réellement bonne en mathématiques, mais qu'elle avait le sens des affaires, et une face de poker pour ne pas se laisser manger la laine sur le dos par les fournisseurs et les banquiers ; et qu'elle aimait l'innovation ; et qu'elle savait qu'aux États-Unis, les drugstores vendaient plein de petites choses sans rapport avec les remèdes. Elle commença par vendre des montres, puis des journaux, puis toutes sortes de bonbons. Virginia la suivait dans ses démarches, en l'admirant, en la contredisant si nécessaire ; et en lui parlant de Dieu, qui est toujours si facile à insérer dans la conversation.

— J'ai eu une mère à partir de l'âge de dix-neuf ans, disait Marjorie, aussi admirative de Mrs Virginia que cette dernière l'était à son égard.

Mrs Virginia lui disait de se tenir droite ; puis de conclure le marché pour la deuxième pharmacie ; puis pour la troisième. Elles furent bientôt toutes les deux à la tête d'une toute petite chaîne de pharmacies, ce qui les faisait voyager, et passer beaucoup de temps ensemble.

Quand elles revenaient dans leur grande maison, les deux filles leur sautaient au cou. Elles étaient bien nourries, aimées ; les deux grands-pères n'avaient aucune espèce d'autorité sur elles, ni leur père d'ailleurs. Hats for Ladies, où rien n'était à vendre depuis que Marjorie avait acheté la première pharmacie, était rempli de chapeaux d'époque et de vieux gants ; leur servaient à jouer à la dame. Marjorie les sermonnait, les embrassait ; leur disait, à tout hasard, d'aller faire leurs devoirs ; n'était au courant de rien.

— Eh bien, allons magasiner, disait-elle après quelques minutes.

Les petites mettaient leurs gants, leur chapeau, et Marjorie se mettait à sacrer.

— Oh, Mummy! disaient alors les petites têtes chéries.

Elles ne pouvaient pas sortir sans leur chapeau, ordre des garçons! C'était leur chapeau préféré, de tulle ou de satin, de volutes de mousseline avec les pampilles de perles et les pompons à plumes! Et leurs gants étaient ornés de la dentelle la plus incomparable! Les grands-pères renchérissaient que ce n'était pas convenable de sortir tête et mains nues; et Marjorie disait qu'un père indigne et une brute de taverne n'avaient pas à parler de convenances; et Howard disait que oui, puisqu'il leur avait pardonné; et Marjorie disait que ce n'était pas vrai, puisqu'en privé Howard se plaignait toujours des deux vieux. Howard disait que c'était vrai que les vieux étaient insupportables, car justement, l'autre jour, il avait voulu lire un article particulièrement intéressant au sujet de Neil Armstrong, un homme remarquable, et que les petites étaient venues le déranger, et que les grands-pères auraient dû s'en occuper. Philip acquiesçait, disait que ce Neil Armstrong était bel homme; et James se fâchait. Tu parles d'une histoire, disait Mrs Virginia. Et finalement, tout le monde s'entassait dans la Volkswagen et partait magasiner chez Holt Renfrew où Augusta, Jeanne d'Arc, Howard,

James et Philip achetaient des paquets et des paquets de vêtements, de souliers, de petites choses plus inutiles les unes que les autres pendant que Marjorie et Virginia, assises sur un fauteuil, parlaient de Dieu et de l'absence de Dieu, du chiffre d'affaires des pharmacies et des hauts et des bas de la bourse de Toronto.

Des hauts et des bas, il y en avait régulièrement entre Marjorie et Howard. Parfois, c'était le tour de Howard. On le remarquait à sa façon d'ignorer sa femme pendant les repas ou de lui balancer des insultes au visage. Parfois c'était le tour de Marjorie, qui le traitait exactement comme il l'avait traitée deux ou trois jours auparavant. C'était bien triste à voir, surtout quand ça durait longtemps ; mais comme la maisonnée était pleine de monde, et qu'Augusta venait de terminer ses études secondaires et qu'elle rêvait d'être juge à la Cour suprême du Canada, la discussion générale portait sur l'avenir des jeunes, la justice sociale et le syndicalisme ; sujets auxquels les deux grands-pères n'entendaient rien, ce qui ne les empêchaient aucunement de participer à la conversation.

En privé, les chicanes entre Marjorie et Howard étaient de nature sexuelle. Grandes étaient leurs émotions lorsqu'ils se refusaient à l'autre ; ne me touche pas, surtout pas. De l'autre côté, ça mouillait fort ou ça bandait pas mal, mais il n'y avait rien à faire, tant pis pour toi. Et puis, l'un ou l'autre changeait d'avis, mais c'était trop tard, maintenant c'était au tour de l'une ou l'autre de dire non. Mais quand ils changeaient d'avis ! Lorsque ces deux grands enfants disaient oui, en même temps ! Ils faisaient l'amour du matin au soir, pendant que les filles étaient à l'université – Jeanne d'Arc allait être médiatrice ; forcerait ses clients à mieux s'entendre que ses parents ; et plus tard, quand elle voulut épouser un Libanais fraîchement débarqué à Ottawa, Marjorie et Howard se couraient encore après dans la bibliothèque, bavassaient, parlaient de tout et de rien comme ils savaient si bien le faire ; se trouvaient intéressants. Oui, même quand Marjorie disait : j'ai chaud, il l'écoutait. Et même quand Howard parlait de la couleur d'un tissu, elle l'écoutait. Et Howard disait qu'ils s'entendaient tous les deux comme larrons en foire parce qu'ils se parlaient si facilement tous les deux ; et Marjorie disait qu'ils restaient ensemble parce qu'ils baisaient bien en crisse tous les deux.

Jeanne d'Arc épousa son Libanais. Augusta, fille d'honneur de sa jeune sœur, déclara qu'elle ne se marierait jamais ; ce qui fit hurler toute sa famille, sauf Mrs Virginia, qui aimait bien, finalement, la solitude, surtout lorsqu'elle avait la chance d'avoir la maison à elle seule, ce qui arrivait de plus en plus souvent maintenant que les filles volaient de leurs propres ailes ; et que James, cardiaque, avait été mourir à l'hôpital un soir d'été ; suivi de Philip, qui, pas cardiaque, en avait néanmoins eu le cœur brisé ; douleur qui se propagea dans le cerveau et qui l'acheva. Mrs Virginia s'éteignit peu de temps après à son tour, en tenant la main de sa chère Marjorie.

— Ne reviens pas me parler quand tu seras de l'autre bord, l'avertit sévèrement Marjorie.

— Amen, rétorqua Mrs Virginia, en rendant l'âme.

Et Marjorie sanglota, sanglota. Elle venait de perdre sa mère adoptive, son phare dans la nuit, son ancre. Effondrée, elle se laissa consoler par Howard, qui pleurait au moins aussi fort qu'elle.

Ils avaient maintenant l'air de deux vieux orphelins, perdus dans leur grande, grande maison. Ils se couraient toujours après, mais moins vite ; ils se chicanaient toujours, mais moins fort ; ils faisaient l'amour, mais de moins en moins. Les enfants de Jeanne d'Arc venaient parfois jouer dans les gants et les chapeaux de Hats for Ladies, complètement défraîchis ; Augusta, qui avait laissé le droit et repris les pharmacies, menait ses affaires assez rondement pour se payer des voyages autour du monde tant qu'elle en voulait.

Un jour, Howard – ce bon, ce cher, cher Howard – se plaignit d'un mal de tête qui le mena à l'urgence et, de là, à la tombe. Il eut le temps d'une prière avec Marjorie : « O Lord, open thou our lips » ; il entrouvrit les lèvres et Marjorie répondit que le Seigneur voulait qu'elle y place un baiser. « And our mouth shall shew forth thy praise », dit Howard en mourant.

Ç'avait été un bon mari, se dit Marjorie, sans même se demander à quoi sa vie aurait pu ressembler sans lui. Elle voulut vendre la maison, mais ses petits-enfants s'y opposèrent. Tant mieux, se dit Marjorie, qui n'avait pas tellement envie de mettre de l'ordre dans la bibliothèque de Howard, qu'elle avait laissée telle quelle. Elle y venait parfois et se disait que ça sentait le vinaigre.

Augusta la trouva un matin en bas de l'escalier, un petit filet de sang au coin des lèvres.

La veille, Marjorie était sortie du lit dans le noir, croyant avoir entendu du bruit : c'était la voix de Lucien. « Tiens, s'était-elle dit, il vient me rendre visite. » Elle aurait préféré que Howard la guide vers l'au-delà, mais on ne choisit pas toujours, dans la vie comme dans la mort.

Lucien lui faisait signe de la main. « Viens, semblait-il dire, je t'attends depuis si longtemps. » Elle fit un pas vers l'escalier. Ses orteils se frottèrent contre un tapis lumineux, d'un bleu royal, profond, qui la réchauffa. Un pas de plus et elle se sentit précipitée dans le vide. Sa tête heurta la balustrade. Elle eut un dernier sourire ; songea que son père avait toujours eu tort. De l'autre côté, Lucien avait ouvert les bras.

Table des matières

Achevé d'imprimer
en octobre 2021 sur les presses
de l'Imprimerie Gauvin, à Gatineau (Québec).

RECYCLÉ
Papier fait à partir
de matériaux recyclés
FSC® C100212

sans explosions cette ville n'existerait pas
Robert Dickson